Mark Cheverton a enseigné les sciences pendant une quinzaine d'années avant de se tourner vers la recherche. Il a découvert Minecraft® grâce à son fils. L'aspect créatif du jeu l'a rapidement séduit et un duo de joueurs père-fils est né : Monkeypants271 et Gameknight999. Ils ont entrepris d'empiler les pixels, de construire des tours et de se battre avec des zombies. C'est de cette passion commune que lui est venue l'envie d'écrire *L'Invasion de l'Overworld* pour son fils et tous les joueurs de Minecraft®.

Du même auteur, chez Castelmore :

Les Aventures de Gameknight999 :
    1. *L'Invasion de l'Overworld*
    2. *La Bataille du Nether*
    3. *Face au dragon*

Ce livre est également disponible
au format numérique

www.castelmore.fr

Mark Cheverton

L'INVASION DE L'OVERWORLD

Les Aventures de Gameknight999 –

Tome I

Traduit de l'anglais (États-Unis)
par Nenad Savic

CASTELMORE

Collection dirigée par Barbara Bessat-Lelarge

Titre original : *Invasion of the Overworld - Book One in the Gameknight999 Series - An Unofficial Minecrafter's Adventure*

Invasion of the Overworld ©2014 by Gameknight Publishing. LLC

Invasion of the Overworld est une fanfiction originale dans l'univers de Minecraft® et n'est pas autorisée par Minecraft® ou Mojang AB. *Invasion of the Overworld* est un roman non officiel et n'a été ni commandé ni approuvé par les créateurs du jeu officiel Minecraft®.

Invasion of the Overworld est un ouvrage de fiction. Tous les noms, personnages et actions sont issus de l'imagination de l'auteur et totalement fictifs. Toute ressemblance avec des événements ou des personnes, vivantes ou décédées, serait purement fortuite.

Minecraft® est une marque officielle de Mojang AB.

Minecraft®/TM & © 2009-2014 Mojang/Notch

Toutes les caractéristiques de Gameknight999 dans l'histoire sont totalement fictives et ne sont pas celles du véritable joueur Gameknight999, lequel est l'exact opposé du personnage mis en scène dans ce roman et est un individu absolument génial qui fait attention à ne pas blesser la sensibilité des gens qui l'entourent.

Consultant technique : Gameknight999

© Bragelonne 2015, pour la présente traduction

Loi n° 49-956 du 16 juillet 1949 sur les publications destinées à la jeunesse

Dépôt légal : juin 2015
ISBN : 978-2-36231-138-3

CASTELMORE
60-62, rue d'Hauteville – 75010 Paris
E-mail : info@castelmore.fr
Site Internet : www.castelmore.fr

Remerciements

Je tiens à remercier mes amis et ma famille, qui m'ont soutenu pendant cette aventure : Geraldine, dont l'énergie et l'enthousiasme m'ont aidé à avancer ; Gameknight999, qui m'a obligé à essayer de jouer à Minecraft® et a inspiré l'écriture de ce livre ; Chad, qui m'a soutenu avec toute son énergie ; ma merveilleuse épouse, dont la confiance m'a permis de poursuivre mon voyage malgré les embûches et les baisses temporaires de moral. Un grand merci surtout à mes lecteurs, en particulier à ceux qui sont entrés en contact avec moi. Vos commentaires me motivent, me donnent envie de travailler encore plus dur pour que le prochain livre soit meilleur que le précédent.

Qu'est-ce que Minecraft ?

Minecraft est un jeu de type « bac à sable » qui donne au joueur la possibilité de bâtir des structures extraordinaires à partir de cubes texturés représentant divers matériaux : pierre, terre, sable, grès… Les lois normales de la physique ne s'y appliquent pas, car le mode créatif permet de construire des structures qui défient la gravité et n'ont pas besoin de supports visibles.

Les possibilités sont infinies. Vous pouvez créer des villes entières, des civilisations accrochées à des falaises et même des cités dans les nuages. Le jeu à proprement parler se joue en mode survie : les joueurs se retrouvent dans un monde de blocs avec pour seuls accessoires leurs vêtements. La nuit tombant rapidement, il est crucial de partir immédiatement à la recherche des ressources – bois, pierre, fer – nécessaires à la fabrication d'outils et d'armes. La nuit, Minecraft° pullule de créatures hostiles…

Ces ressources, le joueur les trouvera dans les profondeurs du tissu de Minecraft°. Avec du charbon et du fer, notamment, il obtiendra des armes et des armures indispensables à sa survie. En creusant, le joueur découvrira des grottes, des chambres emplies de lave, voire une mine ou une prison souterraine. Ces dernières contiennent parfois des trésors, mais sont surveillées par des monstres (zombies, squelettes, araignées), alors prudence !

Bien que ces terres soient peuplées de créatures hostiles, le joueur n'y est pas seul. Les serveurs accueillent des centaines de joueurs, qui partagent les paysages et les ressources de Minecraft° avec d'autres créatures. La surface du jeu est parsemée de villages habités par des PNJ (personnages non joueurs). Les villageois se baladent, vaquent à leurs occupations ; dans leurs demeures, on trouve parfois des coffres contenant des trésors (plus ou moins intéressants). En troquant avec les PNJ, il est possible d'obtenir des gemmes rares, des ingrédients pour préparer des potions, voire un arc ou une épée.

Minecraft est une plate-forme incroyable permettant au joueur de construire des machines (alimentées par du minerai de redstone – une sorte d'énergie électrique), des jeux uniques, des cartes personnelles et des arènes PvP (*player vs player* – joueur contre joueur). Minecraft est synonyme de création, de batailles débridées et de monstres terrifiants. C'est un tour de montagnes russes dans un monde d'aventure et de suspense, de victoires glorieuses et de défaites amères. Attachez vos ceintures !

À PROPOS DE L'AUTEUR

J'ai appris à aimer Minecraft® grâce à mon fils. J'avoue qu'au début j'ai eu du mal à m'y mettre ; j'étais pour le moins récalcitrant. Mais aujourd'hui... j'adore !

Après avoir vu une vidéo de Minecraft® sur YouTube, mon fils a décidé qu'il lui fallait ce jeu. Pendant un mois, il n'a pas cessé de nous répéter, à sa mère et à moi, que Minecraft® était un jeu génial et qu'il ne pouvait pas vivre sans lui.

Nous avons donc fini par céder. Mon fils a choisi son pseudonyme – Gameknight999 – et c'était parti. Au début, il jouait seul, et puis, très vite, il a eu envie de partager ses créations avec nous. Elles étaient magnifiques, en effet. En tant qu'ingénieur, tout ce qui donne la possibilité de bâtir quelque chose m'intéresse. Alors je me suis assis avec mon fils et je l'ai laissé me montrer comment jouer à Minecraft®. Très rapidement, il m'a convaincu de créer mon propre personnage

– Monkeypants271. Ensemble, nous nous sommes plongés dans ce monde virtuel, bâtissant des tours, combattant les zombies, esquivant les creepers.

Il aimait tellement jouer à Minecraft que nous lui avons offert un serveur à Noël. Par la suite, il a passé des mois à y bâtir des châteaux, des ponts, des villes sous-marines, des usines – tout ce que son imagination pouvait concevoir. Puis il a mis à contribution ses copains de classe pour construire des structures géantes. J'ai moi aussi mis la main à la pâte, en partie pour les surveiller, mais également parce que je suis un geek et que j'adore jouer. Il était si fier de ses créations! Il en faisait même des vidéos qu'il postait sur YouTube. Jusqu'au jour où des gamins à qui mon fils ou un de ses camarades avait donné l'adresse IP du serveur sont arrivés pour tout détruire, ne laissant que des cratères derrière eux, oblitérant des mois de travail. Quand il a découvert le résultat, mon fils était anéanti, d'autant que les auteurs du méfait avaient posté une vidéo de leur destruction sur YouTube.

C'était le moment idéal pour aborder la question du «cyber-harcèlement». J'ai tenté de répondre à ses questions, de lui expliquer pourquoi certaines personnes prenaient du plaisir à détruire ce que d'autres avaient mis des mois à construire, mais mes explications sont tombées à plat. C'est à ce moment-là que m'est venue l'idée de faire passer certains messages à mon fils en utilisant le biais de Minecraft*. J'ai écrit un premier livre intitulé *L'Invasion de l'Overworld*, dans lequel j'aborde la question du harcèlement, de ses effets, et où j'insiste énormément sur l'importance de l'amitié, utilisant Minecraft* comme un tableau noir pour écrire ma leçon.

Mon fils et moi jouons toujours à Minecraft et avons bâti des structures qui apparaîtront dans *La Bataille du Nether*, le deuxième tome de la série. J'ai presque terminé la rédaction du troisième volume, *Face au dragon*, dans lequel nous suivrons Gameknight999 et ses amis jusqu'à la fin. J'ai également commencé un quatrième livre, *Trouble à Zombie-town*, qui verra Gameknight999 affronter un nouveau grand méchant.

Merci à toutes les personnes qui ont laissé un mot gentil sur mon site, www.markcheverton.com. Les mots d'encouragements des enfants et de leurs parents me touchent énormément. J'essaie de répondre à tous mes messages, mais il peut m'arriver d'en oublier… Désolé !

Cherchez Gameknight999 et Monkeypants271 sur les serveurs. Lisez, soyez gentils et prenez garde aux creepers.

Mark Cheverton

« Ce que nous accomplissons pour nous-mêmes meurt avec nous. Ce que nous accomplissons pour les autres et le monde est immortel. »

Albert Pine

1

LA PARTIE DE GAMEKNIGHT

L'ARAIGNÉE GÉANTE APPROCHAIT LENTEMENT de son antre, ses nombreux yeux rouges brillant comme des charbons ardents dans un brasier. Gameknight999 le savait, mais il n'avait pas peur car il avait son armure. En fait, il espérait bien que la bête viendrait, et il espérait que le timing serait parfait. Les cliquetis des pattes de l'araignée résonnaient dans la forêt. Ils étaient de plus en plus forts. Puis d'autres cliquetis se firent entendre – ceux d'une autre bête. Deux araignées se dirigeaient donc vers lui. Il se pencha derrière le tronc noueux pour jeter un coup d'œil aux monstres qui le cherchaient dans les ravines sombres et les buissons feuillus. Gameknight se cacha derrière son arbre, prit une torche et la posa par terre. Le cercle de lumière jaune et chaude serait visible de loin par les autres joueurs. Il attendit quelques secondes avant de reprendre la torche à l'aide de sa pioche en diamant pour la ranger dans son inventaire.

Ça devrait attirer l'attention, se dit-il.

Dégainant son épée, Gameknight se mit à courir. Les deux arachnides le virent et se lancèrent à sa poursuite, bientôt rejoints par un zombie à l'esprit lent. Gameknight contournait les arbres et gravissait les collines en s'assurant que ses furieux poursuivants n'étaient pas distancés, que les chiens poursuivaient toujours le renard. Puis il vit sa proie au loin. Deux de ses coéquipiers arrivaient dans sa direction. Gameknight sourit.

« Eh ! Dreadlord24, Salz, je suis là, tapa Gameknight sur le chat, s'adressant à tous les joueurs présents sur le serveur. J'ai besoin d'aide. »

« On arrive », répondit Dreadlord.

Gameknight regarda derrière lui et ralentit, laissant les monstres gagner un peu de terrain, les cliquetis des araignées résonnant de plus en plus fort. Devant lui, ses coéquipiers étaient exactement là où il voulait qu'ils soient.

« Restez où vous êtes, j'arrive », tapa Gameknight.

Il fonça vers ses sauveurs qui ne se doutaient de rien, décrivant de grands zigzags afin de laisser au zombie une chance de le rattraper. Il avait besoin que les trois monstres soient ensemble pour que son piège fonctionne. Lorsque les araignées et le zombie l'eurent presque rattrapé, Gameknight bifurqua vers ses compagnons. Ils se tenaient au sommet d'une colline nue entourée d'une forêt épaisse – une colline qui lui rappelait le crâne dégarni et ceint d'un anneau de cheveux de son professeur, M. Jameson.

« Arrrgh… clic-clic-clic… »

Les monstres étaient un peu trop près. Il convenait d'être prudent, sinon, son plan échouerait. Concentré, il entreprit de gravir la colline, attirant dans son sillage des monstres avides de destruction.

Gameknight atteignit enfin le sommet de la colline et ses deux coéquipiers, mais ne s'arrêta pas, bien au contraire.

« Gameknight, où vas-tu ? s'étonna Salz dans un message qui trahissait son incompréhension. Je croyais que tu avais besoin d'aide. »

« Tu as tort, répondit-il. C'est vous qui avez besoin d'aide. »

À ce moment précis, les monstres jaillirent de la forêt et se retrouvèrent face aux deux joueurs. Les araignées se jetèrent sur Dreadlord, tandis que le zombie se rua sur Salz. Presque des novices, les joueurs n'étaient équipés que d'armures en cuir et d'armes en pierre. Leur manque d'expérience et leur confiance aveugle dans Gameknight999 précipitèrent leur chute. Des pattes d'araignée noires et poilues frappèrent Dreadlord, lacérant son armure dans un concert de cliquetis de plus en plus intenses. On aurait dit que les créatures étaient excitées par l'idée de la mort imminente de leurs proies. Dans le même temps, le zombie martela Salz avec ses bras verts. L'armure de

Dreadlord céda la première, et ses PV (points de vie) déclinèrent rapidement, tombant très vite à zéro. Alors le joueur disparut, ne laissant derrière lui qu'un inventaire flottant comme un bouchon au-dessus du sol. Leur appétit de destruction n'étant pas satisfait, les araignées tournèrent leurs yeux rouges vers Salz. Occupé à se battre contre le zombie, celui-ci ne vit pas les bêtes dans son dos… Gameknight s'était arrêté pour assister à la bataille. Il souriait derrière son écran d'ordinateur, empli d'un sentiment de satisfaction malicieuse. Il adorait piéger les autres utilisateurs, y compris ses coéquipiers.

«Gameknight, t'es pas cool!» tapa Dreadlord depuis la prison où se retrouvaient les personnages morts dans un PvP.

«Ouais, merci beaucoup…», enchérit Salz.

«*LOL*», répondit Gameknight avant de replonger au cœur de la bataille.

Minecraft était son occupation favorite. Il passait des heures à jouer dans sa cave, enrichissant son inventaire et augmentant son prestige sur divers serveurs multijoueurs – le plus souvent aux dépens des autres. Gameknight avait douze ans et n'était pas très grand pour son âge, ce qui n'avait aucune importance dans Minecraft. Ce qui comptait, c'était de posséder une bonne armure, des armes, et de mettre en œuvre une stratégie impitoyable pour atteindre ses objectifs, même si cela impliquait de sacrifier les autres.

Gameknight999 repensa aux joueurs qu'il venait de tromper et à tous ceux auxquels il avait joué ce même vilain tour, et il sourit. Se replongeant dans sa partie, il se mit en quête de nouvelles victimes. Il se moquait de savoir à quelle équipe ils appartenaient ; il lui restait plein de pièges en réserve, et personne n'était meilleur que lui à ce jeu. Il lui restait d'ailleurs un gros coup à jouer, grâce auquel il espérait faire entrer le nom de Gameknight999 dans les annales.

Il gravit une colline et vit d'autres joueurs qui se prenaient à partie, au loin, leur nom d'utilisateur blanc brillant au-dessus de leur tête carrée. Ils se battaient près de ce qui ressemblait à une rivière de lave enjambée par un pont de pierre finement ouvragé – une œuvre d'art qui avait dû demander des heures de travail à son créateur. Le pont permettait d'accéder à une grande tour ronde constituée de blocs de pierre grise ou couverte de mousse. La structure était impressionnante et majestueuse. À son sommet brillait une puissante lumière, un phare en diamant braqué vers le ciel bleu. On y trouvait également un bloc de laine blanche qui marquait la ligne d'arrivée, la fin du jeu. L'équipe qui escaladerait la tour la première et s'emparerait du bloc gagnerait la partie. De là où il se trouvait, Gameknight voyait les joueurs s'affronter devant le pont ; c'était à l'équipe qui traverserait la rivière et atteindrait la tour avant l'autre. Le combat était équilibré, et personne ne pouvait s'éloigner de la mêlée sans risquer d'être pris pour cible par les archers. Mais cela changerait bientôt.

Approchant d'un taillis situé à proximité du champ de bataille, Gameknight rangea son épée et sortit un arc scintillant d'un éclat bleu iridescent. Frappe II, Puissance IV et enchantements d'Infinité… une arme redoutable que lui jalousaient ses adversaires. Il vérifia qu'il n'y avait personne à proximité avant d'extraire des blocs du sol pour les empiler et s'élever progressivement jusqu'au sommet des arbres. De là, il pourrait tirer sur ses ennemis tout en s'abritant derrière les branches géométriques.

Il banda son arc et visa un personnage baptisé ChimneySlip. La flèche fila, décrivit un arc dans les airs et atteignit sa cible dans le dos. Le personnage vira au rouge et clignota. Gameknight tira trois autres flèches, la pluie de projectiles anéantissant l'armure de ChimneySlip et exposant son skin brun. D'une dernière flèche, il acheva sa cible dans un gloussement, avant de se mettre à tirer au hasard sur un groupe de joueurs. Les projectiles se succédèrent à grande vitesse, et la corde de l'arc ne cessait de vrombir. Gameknight s'en donna à cœur joie, faisant tomber les utilisateurs comme des mouches.

« Qui tire ces flèches ? » tapa un dénommé Kooter.

Gameknight rit et décocha d'autres projectiles, s'accroupissant régulièrement pour ne pas être vu. Chaque fois qu'il disparaissait derrière les arbres, les lettres de son nom devenaient invisibles.

« Choisis mieux tes cibles, protesta King_Creeperkiller. On est censés jouer en équipe ! »

« Ouais, enchérit Duncan. Sois un vrai coéquipier, pas un abruti ! »

« Ben voyons… », pensa Gameknight.

Ses flèches avaient trouvé leurs cibles, si bien qu'il ne restait plus que quelques utilisateurs dans chaque équipe. La prison était pleine de joueurs sans PV qui maudissaient le nom de Gameknight999. Celui-ci dégaina sa pioche et tailla dans les blocs, sous ses pieds. Quelques secondes plus tard, il était de retour sur le sol, l'épée à la main, en train de courir. Utilisant le terrain pour masquer son approche, Gameknight se rapprocha furtivement des autres joueurs. Il n'en restait plus que trois dans chaque équipe – quatre dans la sienne, s'il se comptait dedans, mais en vérité Gameknight jouait en solo.

Les six joueurs se battaient avec des épées et des boucliers en fer, le diamant étant quasi introuvable sur ce serveur – enfin, à moins de tricher comme le faisait Gameknight. Grâce à une option rayons X, il avait facilement trouvé la précieuse ressource. Le moment était venu pour lui de se montrer. Ouvrant son inventaire, Gameknight retira son plastron, ses jambières, ses bottes et son heaume en fer, et les remplaça par une panoplie en diamant, dont la couleur bleutée lui donnait des airs de créature de glace. Son épée brillait presque dans l'obscurité.

Il entendit des sifflements et des cliquetis et se retourna. Une araignée s'attaqua aussitôt à son armure. Gameknight reçut un premier coup, qui n'eut presque aucun effet, tant ses protections étaient impénétrables.

— Tu en veux aussi ? demanda-t-il à voix haute, alors qu'il était seul dans sa cave. Alors viens, on va danser, toi et moi.

Faisant tournoyer sa puissante épée, Gameknight tua l'araignée en seulement deux coups. Il se retournait pour s'attaquer aux autres combattants lorsqu'il entendit des grognements et des gémissements : des zombies. Dans son dos, un groupe de cinq ou six morts-vivants émergeait de la forêt, suivi par des araignées. Tous se dirigeaient vers lui. La nuit était sur le point de tomber et les monstres allaient être lâchés.

—Vous aussi, vous voulez danser ?

Il attendit patiemment et, lorsque les créatures furent toutes proches, il se mit à courir en direction des six combattants. Les zombies avides de destruction lui emboîtèrent le pas.

Les autres utilisateurs furent tellement choqués de voir émerger de l'ombre un joueur vêtu de diamant qu'ils en oublièrent un instant de se battre. L'un d'entre eux, un certain InTheLittleBush, capitaine de son équipe, avisa son nom au-dessus de son heaume scintillant.

« Gameknight, tapa-t-il. Viens nous aider. Avec toi, on peut vaincre. »

« Eh ! où est-ce que tu as trouvé tous ces diamants ? se plaignit le capitaine de l'autre équipé, Wormican. C'est de la triche ! Eh, monsieur l'admin, Gameknight a triché. BANNISSEZ-LE ! »

« Arrêtez de pleurer, leur répondit Gameknight. Je vous ai apporté un cadeau. »

Comme il émergeait complètement de la pénombre, une masse confuse de zombies et d'araignées – mais aussi de squelettes, désormais – apparut à son tour. En effet, le soleil venait de disparaître derrière la ligne d'horizon, aussi les monstres ne risquaient-ils plus d'être transformés en boules de feu.

« *LOL*, tapa Gameknight. ☺ »

Passant devant les utilisateurs stupéfaits, il fonça tout droit vers le pont qui enjambait la rivière de lave.

« Vas-y, Gameknight, tapa Phaser_98. Attrape ce cube de laine. On va gagner ! »

« C'est ce que tu crois », pensa Gameknight.

Zigzaguant entre les monstres et les utilisateurs, il traversa le champ de bataille. Les joueurs étaient tellement occupés à se battre et à se défendre contre les monstres que personne n'essaya de l'arrêter.

« Attrapez-le », tapa Zeppelin4 comme le combattant à l'armure en diamant passait devant lui.

Assenant un coup à un combattant qui lui barrait la route, Gameknight atteignit enfin le pont.

Il s'arrêta un instant pour admirer l'incroyable structure, tentant d'évaluer le nombre d'heures qu'avait nécessité sa construction. Il gloussa en lui-même et mit en place une rangée de blocs de TNT en travers de la chaussée incurvée. Satisfait, il posa une torche de redstone à côté du dernier cube. Il s'éloigna rapidement et regarda les cubes de TNT clignoter sous l'effet de la redstone. Le premier bloc explosa, puis le deuxième et ainsi de suite, transformant le sublime ouvrage d'art en une pile de débris, envoyant des pierres en tous sens. Il n'y avait plus aucun moyen de traverser la rivière de lave. Gameknight se retourna et gratifia les joueurs restés de l'autre côté d'une danse stupide.

« Va vite chercher la laine, comme ça, on aura gagné », tapa Phaser_98.

« C'est injuste, il a triché », intervint Wormican.

« Ouais, il devrait être banni », ajouta Zeppelin4.

« Attrape ce bloc de laine. On va gagner ! » dit King_Creeperkiller.

Gravissant quatre à quatre les marches de la tour circulaire, il fallut quelques secondes à

Gameknight pour arriver au sommet. Il s'avança jusqu'au bord et avisa les perdants en contrebas.

« Dépêche-toi, attrape le bloc pour qu'on gagne la partie », tapa quelqu'un.

« Tu veux dire ce bloc-là ? » demanda Gameknight.

Il s'approcha de la laine blanche et la regarda longuement.

« Vous voulez que je prenne ce bloc, c'est bien ça ? se moqua Gameknight. Cette laine blanche, là, juste en face de moi ? »

« OUI, PRENDS-LA ! » tapa Phaser_98, de plus en plus agacé et frustré.

« Je ne crois pas », répondit Gameknight en ceignant la laine de blocs de TNT reliés entre eux par de la poudre de redstone, avant d'enfoncer dans le sol une nouvelle torche.

Tandis que le TNT se mettait à clignoter, il se déconnecta du serveur, disparaissant de leurs écrans et abandonnant les combattants interdits. Il les imaginait qui criaient et s'énervaient devant leur moniteur. Personne ne gagnerait, à présent. Il avait trollé la partie et gagné. De son point de vue, en tout cas.

2

Le serveur

Adossé à son confortable fauteuil de bureau, Gameknight999 éclata de rire en fixant le regard sur son écran.

—Vous êtes vraiment une bande d'abrutis, dit-il en souriant.

Son rire se réverbéra sur les murs de la pièce froide et vide. Il jouait seul, comme d'habitude. Des bruits lui parvenaient de l'étage. Sa petite sœur regardait des dessins animés débiles avec des personnages agaçants qui ne cessaient pas de chanter des airs enfantins. Gameknight secoua la tête. Sa sœur savait se montrer si énervante.

— Moins fort, là-haut ! cria-t-il.

En réponse, le volume de la télévision monta encore. Gameknight grommela un juron et tâcha de se concentrer sur son jeu. À côté du moniteur, il avisa la carte d'anniversaire que sa sœur lui avait offerte la semaine passée. Le dessin au feutre le représentait la tenant par la main, tandis qu'ils se promenaient tous les deux dans des champs roses et vallonnés parsemés de fleurs géantes violettes et bleues. Elle avait passé des heures sur ce dessin, travaillant dans le secret de sa chambre. Et elle avait eu ce sourire incroyable en lui offrant son cadeau, un sourire qui avait éclairé la pièce tout entière. C'est vrai qu'elle était parfois énervante, mais il y avait franchement pire, comme sœur.

Le volume de la télé baissa un peu ; sans doute quelqu'un avait-il fermé une porte.

— Merci ! cria-t-il sans lâcher des yeux son écran et sa partie de Minecraft.

Il adorait ce jeu, adorait jouer des tours aux autres, « troller », comme on disait dans Minecraft, user de son expertise pour les harceler en mode multijoueur, les tuer et leur prendre leurs possessions. Ce jour-là, il avait joué le tour des tours, si bien que la partie s'était terminée sur un match nul. Personne n'avait gagné, sauf lui, évidemment.

Riant une nouvelle fois, Gameknight se reconnecta au jeu et passa en revue la liste des serveurs. Il avait entendu parler d'un nouveau serveur, un truc vraiment imposant. Il retrouva le morceau de papier sur lequel il avait griffonné l'adresse IP et se connecta. C'était un jeu de survie, son mode favori. Grâce à toutes ses modifications et ses logiciels pirates, il ne lui faudrait pas bien longtemps pour devenir le maître des lieux. S'il était chanceux, la sécurité ne serait pas très bonne et il pourrait rapidement basculer en mode créatif.

Comme le jeu démarrait, la scène d'ouverture lui parut… différente, avec des écritures étranges qu'il ne reconnaissait pas, des caractères et des mots illisibles pour lui.

—Waouh! c'est… différent, dit Gameknight en étudiant l'image.

Soudain, alors que des motifs commençaient à apparaître, l'image devint vierge, et son personnage se matérialisa au milieu de l'écran. La zone dans laquelle il se trouvait était intéressante – non, très intéressante. Il y avait, tout près de là, des falaises géantes et une chute d'eau impressionnante. Au sommet de la falaise, près de la chute, il repéra des genres de surplombs suspendus dans le vide à au moins quarante blocs de hauteur. L'eau de la chute tombait dans un gouffre situé au pied de la falaise. Il émanait de celui-ci une lumière rougeâtre qui trahissait la présence de lave. De cette rencontre entre l'eau et la lave naissaient probablement des blocs de pierre. Gameknight gravit une petite colline, d'où il avisa une autre structure rocheuse, d'autres surplombs et, au loin, à peine visible, un village. Cette fois, les surplombs reposaient sur des colonnes pareilles aux crocs d'un Léviathan constitué de blocs rocheux.

Le soleil commençait à se coucher, ce qui, quand on n'était pas préparé, pouvait être un problème en mode survie. Évidemment, Gameknight était toujours préparé. Appuyant sur ctrl z, il ouvrit son inventaire secret – un inventaire où l'on trouvait tout. Bien sûr, il prit une armure et une épée en diamant, mais aussi un arc, un carquois plein de flèches et une enclume. Il posa cette dernière sur le sol et enchanta son arc, le dotant de Frappe II, Puissance III et Infinité. Il n'était pas aussi efficace que son arc précédent, même si Frappe II lui permettrait de repousser les coups d'épée, et Infinité de ne jamais se retrouver à court de flèches. Il attrapa quelques pommes pour plus tard, referma son inventaire et partit chasser.

Voyant des cochons sur un plateau verdoyant en contrebas, il décocha d'abord quelques flèches pour se faire une idée de la distance avant de les viser pour de bon, tirant six flèches d'affilée sur les ennuyeux animaux, en tuant quatre et en manquant un de peu. Par bonté d'âme, il décida de laisser vivre ce cochon solitaire, puis changea d'avis et décocha une septième flèche, la pointe de fer du projectile transformant aussitôt l'animal en une pile de bacon.

Gameknight dévala la colline en courant pour récupérer son bien : de la viande. Comme il ramassait un dernier morceau, il vit deux joueurs approcher, marchant à l'ombre d'un petit bois composé principalement de chênes et de bouleaux. Il s'agissait manifestement de novices ; ils ne disposaient que d'armures en cuir et d'épées en pierre, et rechignaient à sortir à découvert. Gameknight jeta un rapide coup d'œil circulaire à la recherche de menaces potentielles, puis il se cacha derrière des bouleaux aux branches touffues pour observer l'approche des inconnus.

Soudain, un zombie émergea de l'ombre et leur sauta dessus, les bras tendus. Les deux joueurs se défendirent avec leurs ridicules épées de pierre. Ils donnaient de grands coups à la créature verte, dont les gémissements emplissaient le paysage du jeu. Les deux utilisateurs frappaient dans tous les sens au lieu de se répartir les rôles. *Les idiots.* L'un aurait dû défendre et l'autre attaquer. Le zombie griffait et fouettait leur armure de cuir, causant de graves dégâts. Au lieu de viser la tête, les novices continuaient à entailler les bras tendus de la créature, la blessant de manière superficielle et lui permettant de les atteindre à son tour. Les joueurs finirent par prendre le dessus, mais au prix de blessures importantes.

Se laisser avoir comme ça par un seul zombie…, pensa Gameknight. *Quelle blague! Ces deux-là ne méritent même pas de jouer à Minecraft.*

Il saisit son arc scintillant et décocha rapidement deux flèches, atteignant successivement les deux utilisateurs. Une fois la distance qui les séparait de lui précisément évaluée, il tira d'autres flèches, les atteignant à plusieurs reprises et les tuant sans aucun problème. Après cette rencontre avec le zombie, leurs armures ne leur étaient plus d'aucune utilité. Pathétique… Leurs possessions tombèrent soudain : des outils de pierre, des arcs, des flèches et, bien sûr, leurs ridicules épées en pierre, qui flottaient juste au-dessus du sol. Normalement, il ramassait toujours son butin, mais ces deux-là ne possédaient vraiment rien d'intéressant, aussi préféra-t-il poursuivre son chemin.

Il se retourna et prit la direction du village repéré un peu plus tôt. Il s'arrêta un instant pour avaler une potion de rapidité et se mit à courir, désirant atteindre le village avant l'aube. Comme il courait dans le paysage composé de blocs, il voyait les lumières du village grossir ; en revanche, du fait de l'obscurité, il avait du mal à identifier ce qui l'entourait.

Zut, un trou !

Gameknight s'arrêta *in extremis*, évitant de tomber dans ce gouffre, ce qui lui aurait certainement fait perdre des PV. Il reprit sa marche avec circonspection, évitant les nombreux trous et crevasses qui constellaient ce monde.

C'est vraiment une carte intéressante.

C'était vraiment très différent de tout ce qu'il avait vu jusque-là.

Il arriva au sommet d'une colline et avisa le village en contrebas. C'était un village normal, avec ses silos et son puits, près du centre, ses champs entourés de petites structures, ses bâtiments plus importants en périphérie. Réparties entre les maisons de bois, il reconnut des bâtisses en pierre semblables à des châteaux, dont une tour haute de deux étages qui dominait les autres. Et, bien sûr, il y avait des villageois – peut-être une vingtaine. La plupart se terraient chez eux à cause de l'obscurité, car les monstres étaient de sortie la nuit.

En effet, il y avait des monstres dans tout le village : araignées, squelettes, zombies et quelques Endermen.

Les zombies grouillaient devant les nombreuses maisons, leurs bras verts et décomposés tendus devant eux comme d'habitude, leurs vêtements en lambeaux pendillant sur leur corps décharné. Ils martelaient les portes en bois, espérant les casser pour dévorer ceux qui se cachaient à l'intérieur… en plus d'attraper ceux qui étaient assez stupides pour s'aventurer dehors. Les araignées arpentaient le village ; leurs corps bulbeux se balançaient de concert, leurs huit pattes poilues cliquetaient sur le sol, leurs yeux multiples regardaient dans toutes les directions à la fois. Les squelettes se tenaient à l'écart, un arc et une flèche à la main, tandis que le clair de lune se reflétait sur leurs os.

Les pires de tous les monstres étaient les Endermen. Ces créatures grandes, noires et dégingandées étaient réellement des visions de cauchemar. Capables de se téléporter d'un endroit à un autre, elles étaient des adversaires terribles, extrêmement difficiles à tuer. Avec leurs longs bras, elles avaient une sacrée frappe, et elles pouvaient infliger des dégâts importants aux plus résistantes des armures. Le plus terrifiant chez elles, toutefois, c'était leurs yeux rougeoyants, qui brillaient constamment d'une haine sans limite, et leur rire dément, qui plongeait dans la terreur les âmes infortunées qui les entendaient. Pour le moment, les Endermen se tenaient aux abords du village, comme s'ils sécurisaient le périmètre, rendant toute fuite impossible.

Gameknight courut jusqu'à un bâtiment, cassa un bloc à hauteur de tête, permettant à un squelette de décocher une flèche à l'intérieur de la structure et d'abattre une villageoise qui s'y cachait. Gameknight sourit. Il se remit en route, passa devant un groupe de zombies et défonça la porte d'une autre maison à l'aide de sa pioche en diamant. Les zombies sautèrent sur l'occasion, s'engouffrant dans la bâtisse et attaquant ses occupants. Ils agrippèrent les villageois, frappant sans ménagement ces PNJ jusqu'à les transformer en terribles démons, en villageois zombies. Leur long nez était désormais brun-vert, leurs bras crispés et tendus devant eux. Leurs voix modifiées ajoutèrent des gémissements nouveaux à la cacophonie de la bataille. Gameknight rit.

Livrer ces innocents aux monstres l'amusait beaucoup, d'autant qu'il courait trop vite pour que ceux-ci puissent l'attraper. Toutefois, les meilleures choses avaient une fin. Le soleil était en train de se lever, sa face carrée apparaissant lentement à l'est, illuminant le paysage, provoquant la combustion des zombies et des squelettes, renvoyant les Endermen et les creepers dans les collines.

Il était temps de fouiller ce village. Passant d'une maison à l'autre, il ouvrit les coffres, bousculant les villageois omniprésents, ahuris, aux mains constamment jointes sur la poitrine. Il trouva un peu de fer dans l'atelier du maréchal-ferrant, ainsi qu'une miche de pain, mais pas grand-chose d'autre.

Ce village est vraiment nul, pensa-t-il.

Entrant enfin dans la bâtisse pareille à un château située au centre du village, Gameknight trouva un coffre vide dans lequel il cacha son arc enchanté, au cas où il en aurait besoin plus tard. Puis il quitta la demeure et retourna à son point d'apparition, près de la chute et de la falaise.

Comme il avait soif – dans la vraie vie –, il tendit le bras et attrapa la canette de soda qu'il avait commencée au cours de la partie précédente. Il la porta à ses lèvres et pencha la tête en arrière pour avaler ce qui restait du breuvage sucré. Il jeta un coup d'œil circulaire sur la pièce dans laquelle il se trouvait. Autour de lui étaient entassées toutes les inventions de son père, des échecs patents pour la plupart : un ouvre-bouteille de ketchup automatique qui avait tendance à casser le goulot de la bouteille, une imprimante 3D qui fonctionnait à la réglisse fondue, un support d'iPod adaptable sur des lunettes qui devait vous permettre de regarder des vidéos tout en marchant… Des échecs cuisants. Aucun de ces objets ne fonctionnait comme il le devrait, bien au contraire. À part peut-être le rayon numériseur 3D, une machine capable de prendre une image 3D de n'importe quel objet et de l'importer dans le logiciel de votre choix.

Un bruit retentit au-dessus de sa tête ; son père était rentré. Gameknight jouait sur l'ordinateur de ce dernier, celui auquel était relié le numériseur, et il savait qu'il n'avait pas le droit de l'utiliser. Il fallait admettre que la machine était équipée d'un super accélérateur vidéo, de beaucoup de RAM et de plusieurs processeurs. Jouer à Minecraft dessus était un vrai plaisir tant le jeu était fluide. En tout cas, il avait intérêt à décamper avant de se faire attraper.

Tandis qu'il nettoyait le bureau à la hâte, il lança la canette vide vers la corbeille, mais rata lamentablement son coup. Pas grave, quelqu'un d'autre la ramasserait. La canette rebondit sur le bord de la corbeille dans un fracas métallique, percuta le mur, puis heurta un tournevis posé sur l'établi de son père. L'outil bascula lentement dans le vide, comme au ralenti, et tomba sur le boîtier de contrôle électronique du numériseur de son père. Une puissante étincelle jaune jaillit de l'écheveau de câbles et de composants électriques, une odeur de plastique brûlé empestant immédiatement l'atmosphère. Il y eut d'autres étincelles comme l'éclairage de la cave clignotait et que le numériseur se mettait en route. Tout cela se passa dans un moment suspendu – le vol de la canette, la chute du tournevis. La séquence tout entière repassa dans son esprit comme une vidéo regardée sur YouTube.

J'espère que je n'ai rien cassé, pensa Gameknight. Alors qu'il se levait pour aller vérifier l'état de la machine, un vrombissement grave résonna dans la pièce. Dans un bruit de ruche en colère, le numériseur aux allures de pistolet laser se mit à briller d'un éclat jaune. Avant que Gameknight999 ait eu le temps de se lever et de se pencher vers le dispositif pour le mettre hors tension, un rayon de lumière blanche en jaillit qui le frappa à la poitrine. Des picotements lui parcoururent le corps tout entier, le brûlant et le glaçant à la fois. Soudain, le décor se mit à tournoyer autour de lui, comme si Gameknight se trouvait dans l'œil d'un cyclone. Une puissante lumière l'enveloppa comme la pièce tournoyait, lui brûlant les yeux et lui picotant la peau. Au début, l'éclat aveuglant et impitoyable emplit le moindre recoin de son esprit, puis il commença à l'attirer vers sa source comme une grille d'égout avalant de l'eau dans ses conduits sombres. Gameknight avait le sentiment d'être arraché à son corps, emporté quelque part par le flux lumineux, comme si son être quittait le monde physique.

Gameknight999 perdit lentement connaissance, sombrant dans les ténèbres. Ce faisant, des cris d'animaux se déversèrent dans ses oreilles – cochons, poules, vaches... *Mon Dieu!*

3

MINECRAFT

GAMEKNIGHT SE RÉVEILLA LENTEMENT. SON esprit était brumeux, comme si la réalité se mélangeait à son rêve en train de se dissiper. Il ouvrit un œil, puis l'autre, et fut salué par un soleil éclatant et un ciel bleu dans lequel défilaient quelques nuages étranges.

Comment est-ce possible ?

Il se trouvait dans sa cave, du moins le pensait-il. Peut-être ses parents l'avaient-ils retrouvé et emmené à l'hôpital. Regardait-il par la fenêtre de sa chambre ? Il ferma les yeux, porta la main à son visage, puis se frotta la tête, une migraine traînante finissant de rebondir contre les parois de son crâne. Le contact de ses mains lui fit un drôle d'effet ; elles lui semblaient rugueuses, anguleuses.

Qu'est-ce qui se passe ?

Il rouvrit les yeux pour réévaluer ce qui l'entourait. Autour de lui, le paysage était vert, avec des prairies qui ondulaient paresseusement dans le vent. Des parfums très riches lui emplissaient les narines – la terre sous lui, le parfum puissant des plantes, les fleurs, l'herbe, la nature sauvage, les arbres bizarres et carrés, au loin.

Une vache passa derrière lui et meugla.

Gameknight se releva à la hâte et fit face à l'animal. Sa tête pixellisée lui arrivait à hauteur du torse. La bête le renifla et meugla de nouveau. Il repoussa la bête et regarda de nouveau autour de lui. Il y avait une forêt, tout près de là, avec des arbres pixellisés, eux aussi – des arbres étrangement familiers. Il avisa également un gouffre dans lequel s'écoulait un cours d'eau. À proximité se dressait une colline herbeuse parsemée d'affleurements rocheux carrés.

C'est impossible.

Rapidement, Gameknight gravit la colline pour mieux appréhender le paysage. Il y avait une forêt, au loin, à l'est, au feuillage géométrique et épars, laissant entrevoir l'herbe en dessous. Et puis la forêt devenait plus dense, jusqu'à ce que les branches et les feuilles se touchent presque, comme si elles craignaient un prédateur géant.

Non!

Au sud, la plaine était couverte de neige. Celle-ci scintillait et contrastait énormément avec le vert riche de la plaine herbeuse; elle ressemblait un peu au glaçage de son dernier gâteau d'anniversaire.

Est-ce possible? pensa-t-il, un sentiment de panique commençant à ronger les contours de son esprit.

Au nord, Gameknight voyait une autre grande montagne, un large surplomb horizontal dépassant de son sommet, suspendu dans le vide, quoique reposant sur de hautes colonnes de pierre. Elles lui rappelaient les dents monstrueuses d'une bête préhistorique géante. L'élément le plus intéressant de ce paysage, cependant, se trouvait un peu plus loin. Il s'agissait d'un village, dont les toits penchés étaient à peine visibles dans le lointain.

Mais comment!?

Se tournant vers l'ouest, Gameknight avisa un soleil jaune et carré qui descendait inexorablement vers la ligne d'horizon. Il se déplaçait de façon imperceptible, mais Gameknight savait bien que ce soleil bougeait. Dans le ciel, des nuages, masses d'humidité pixellisées, avançaient à la même vitesse et dans la même direction : d'est en ouest.

Est-ce vrai?

Il était dans Minecraft. Il se rappelait avoir joué à un PvP, puis avoir fait un tour sur ce nouveau serveur dont tout le monde parlait. Il était apparu devant une chute d'eau… Il regarda par-dessus son épaule et examina la chute qui tombait du sommet de la falaise rocheuse. *Non!* Alors il avait tué ces débutants avant de fondre sur le village. Oui, le village était bien là où il l'avait découvert sur le serveur. *Mais comment?*

Un souvenir remonta à la surface de sa mémoire, le bourdonnement électrique d'une machine, un faisceau de lumière blanche… Le numériseur de son père. Sans le vouloir, il avait mis en route le numériseur, qui l'avait transféré dans le logiciel ouvert à ce moment-là : Minecraft. Il était dans Minecraft !

Est-ce un rêve ? la réalité ? Il toucha son visage avec ses mains anguleuses. Il semblait bien solide. Il piétina le sol avec ses gros pieds. Lui aussi semblait bien réel.

Il redescendit de la colline en courant, s'arrêtant au pied de la haute falaise. La chute d'eau toute proche chargeait l'atmosphère de gouttelettes d'eau, le recouvrant d'une mince pellicule d'humidité.

Je suis mouillé ! C'est incroyable. Tout est tellement vrai.

Soudain, Gameknight entendit des cliquetis familiers, comme un bruit de castagnettes mêlé aux gémissements d'un plancher en bois mis à rude épreuve. Il pivota sur ses talons et vit l'araignée géante qui approchait, ses pattes noires et velues martelant le tertre herbeux dans un staccato infernal, tandis qu'elle fixait sur lui ses nombreux yeux affamés. Une peur intense le parcourut comme une décharge électrique avant de céder la place à de la curiosité. Il n'avait jamais eu l'occasion de voir autant de détails sur une araignée. Les poils noirs qui lui couvraient le corps bougeaient, comme mus par une volonté propre, ses yeux rouges regardaient dans toutes les directions à la fois, son abdomen pixellisé se balançait d'avant en arrière au rythme de sa progression. Son moniteur 1080p n'était apparemment pas assez bon pour restituer les détails de la bête. À l'extrémité de chaque patte, il avisa un genre de pince multiple, constituée notamment d'une griffe acérée ressemblant à une arme barbare tirée de World of Warcraft. Gameknight se pencha en avant pour mieux voir ses yeux, qui semblaient brûler d'un feu intérieur.

« Slash! Bang! »

Une de ses pattes velues se déplia et frappa Gameknight à la poitrine, ses griffes taillant dans sa chemise et lui balafrant le torse. La douleur vive se propagea dans son corps.

« Bang ! Clic-clic-clic ! »

L'araignée attaqua de nouveau, à la jambe cette fois, le projetant en arrière. Gameknight ressentit la douleur.

Gameknight sentait ses points de vie diminuer. Mais il s'agissait de la réalité, non pas d'un jeu. Il devait se sortir de cette situation au plus vite.

L'araignée bondit, tenta d'attraper sa proie, ses pattes dotées de serres taillant dans toutes les directions. Gameknight en sentit une passer tout près de sa tête, le membre mortel le frôlant de très près. Mû par un sentiment de panique et de peur, il roula sur le côté pour éviter d'être écrasé par le monstre géant. Il ne pouvait pas rester là. Il devait trouver une solution, ou bien il mourrait.

Gameknight se releva et se mit à courir. L'araignée tenta de lui porter un coup fatal, mais le manqua de peu, parvenant tout juste à lui entailler la chemise. Il savait par expérience que les araignées étaient rapides, mais qu'il courait plus vite qu'elles. Il prit donc ses jambes à son cou, le monstre noir à ses trousses. Les cliquetis terrifiants de ses pattes emplirent l'atmosphère comme il le suivait. Gameknight n'avait pas d'arme, rien, juste son expérience et son intelligence.

Qu'est-ce que je vais faire?

Comme il avait ralenti, l'araignée gagnait du terrain. Gameknight accéléra de nouveau et entreprit de gravir une colline toute proche, prévoyant ses sauts à l'avance, prenant garde à ne pas trébucher, ni à devoir effectuer un saut vertical de plus de deux blocs, car c'était impossible dans Minecraft. Arrivé au sommet de la colline, Gameknight se retourna et vit les yeux multiples de la bête déterminée fixés sur lui. Elle était en colère et affamée. Pourquoi cette chose voulait-elle tellement le tuer? On aurait dit que Gameknight possédait quelque chose que l'araignée désirait désespérément.

L'arachnide escaladait la colline aux contours géométriques sans lâcher sa proie du regard. Gameknight ne pouvait pas rester là; il devait faire quelque chose. Il commença à descendre de l'autre côté, sautant à plusieurs reprises d'une hauteur de deux blocs car il savait qu'il ne risquait rien. Alors il vit la chute d'eau et eut une idée. Se battre contre ce monstre au corps à corps serait suicidaire, il le savait. Il avait besoin d'une arme, et cette chute était son seul atout. Les araignées étaient puissantes, résistantes et rapides, mais elles étaient aussi stupides. Dévalant la colline, Gameknight allongea sa foulée et sauta. Son timing était parfait. Il pratiquait le *parkour*, et cela portait ses fruits. Il contourna le gouffre dans lequel bouillonnait la chute d'eau et s'arrêta un instant pour s'assurer que l'araignée l'avait vu. Puis il courut s'abriter derrière la colonne d'eau écumante et attendit. Son instinct le poussait à prendre ses jambes à son cou, mais son expérience du jeu lui conseillait de rester immobile. C'était sa seule chance de survie.

—Eh! viens m'attraper, espèce de monstre poilu! hurla-t-il.

L'araignée l'entendit et chargea dans sa direction, ses pattes noires et velues bougeant tellement vite qu'il avait du mal à les distinguer. Les cliquetis s'intensifièrent tandis que la bête se rapprochait de sa proie, le regard brillant, comme éclairé de l'intérieur par des lasers infernaux. Elle bondit par-dessus quelques derniers blocs, espérant se jeter sur Gameknight, au lieu de quoi elle tomba dans la chute. L'araignée fut rapidement avalée par les remous. Tandis qu'elle s'efforçait de garder la tête hors de l'eau, Gameknight lui donna des coups de poing qui, chaque fois qu'ils atteignaient leur cible, la faisaient luire d'un éclat rouge. S'il continuait comme cela, il la tuerait, à condition de ne pas lui laisser le temps d'agripper le bord du gouffre et de sortir de l'eau bouillonnante. Heureusement, l'araignée fut entraînée par le courant et tomba dans l'énorme trou, au fond duquel elle essaya désespérément de garder la tête hors de l'eau malgré la chute qui la martelait. Comme elle ne parvenait pas à respirer, la bête se mit à clignoter et finit par perdre tous ses PV. Elle disparut alors dans l'abysse, laissant derrière elle un petit morceau de toile et trois boules brillantes d'XP (points d'expérience).

Tremblant de peur, Gameknight fixa le regard sur les boules d'XP flottantes. Il les voulait, sachant que ces points pris à un combattant augmenteraient sa force et lui permettraient d'enchanter des armes ; cependant, descendre dans ce gouffre serait trop dangereux. *Pas maintenant*, pensa-t-il. Peut-être quand il serait davantage préparé.

Il regarda autour de lui en frissonnant. *Y a-t-il d'autres monstres à proximité ? Vont-ils m'attaquer ?*

Il étudia les alentours et conclut qu'il était seul. Pour le moment. Il examina ses bras à la recherche de blessures et constata que ses points de vie étaient en train de remonter lentement. Tout était donc réel… pour lui, en tout cas. La peur, la douleur. Il devait réfléchir et non pas agir comme un novice. De quoi avait-il besoin ? De nourriture, d'armes et d'un abri. *Surtout un abri*. Étudiant le terrain de son œil expérimenté, Gameknight chercha un endroit où installer sa cachette, et il le trouva tout de suite. À la base de la falaise toute proche, il avisa une ouverture étroite. Gravissant rapidement les blocs de terre et de pierre, il trouva une fissure qui donnait accès à une grotte large de trois blocs et haute de deux. Il pourrait se cacher là et camoufler l'entrée. Oui, ce serait sa nouvelle maison.

À présent, il avait besoin de bois. Il retourna au pied de la falaise et courut jusqu'à la forêt, où il entreprit de casser à mains nues les blocs dont étaient faits les arbres. Il abattit un arbre, puis un second, dont il tira huit blocs en tout. Cela suffirait. À l'ouest, le soleil carré embrasait l'horizon, le ciel virant du bleu marine au rouge sang. La nuit était sur le point de tomber, et tout le monde savait qu'il ne fallait pas traîner dehors quand il faisait noir. À moins de vouloir mourir.

Gameknight retourna à sa cachette et creusa rapidement deux blocs de terre pour en condamner l'entrée. En attendant que la nuit tombe, il sortit les blocs de bois de son inventaire et en fit des planches. Gameknight ne savait pas vraiment comment il s'y prenait ; il se contentait d'imaginer l'écran de son ordinateur et de faire ce qu'il avait déjà fait un million de fois. Il importa alors les planches dans son inventaire et en prit quatre pour fabriquer un établi, qu'il plaça dans un coin. Il tailla ensuite des bâtons, une épée, une pelle et deux pioches. Voilà, à présent, il était fin prêt.

Très vite, le paradis verdoyant qui entourait sa cachette se transforma en terrain dangereux et sombre à mesure que le soleil se couchait. Il faisait nuit, désormais. Gameknight entendait déjà les gémissements terrifiants des zombies, au loin. Il empila sans attendre deux blocs de terre dans l'entrée de sa grotte pour se protéger contre les monstres. S'il était plongé dans les ténèbres, au moins avait-il des outils et des armes – certes ridicules comparés à ce à quoi il était habitué. Il brandit son épée et l'agita dans les airs. Celle-ci siffla et heurta accidentellement la paroi. Avoir une arme à la main lui faisait du bien. C'était tout naturel, pour lui. Cependant, il était terrifié par le bruit des araignées, des zombies et des squelettes qui lui parvenait aux oreilles et résonnait dans son esprit. Il ne devait pas oublier que c'était bien réel ; que la douleur était réelle. *Et la mort ?* Gameknight se tourna vers le mur le plus proche, prit une pioche et se mit à creuser.

4

Cachette

Gameknight creusa dans les ténèbres, cassant les blocs de terre avec sa pelle, dont la lame de bois transperçait facilement le matériau meuble, emplissant la grotte de poussière. Il continua à creuser en toussant, sachant qu'il devait à tout prix trouver des ressources très vite – roche, charbon et fer – ou bien il ne survivrait pas. Enfonçant sa pelle de plus en plus profondément, il poursuivit son excavation, agrandissant petit à petit sa maison de terre, les ténèbres l'enveloppant tel un linceul, les ombres enfonçant des vrilles de peur dans son âme. Travailler dans l'obscurité totale n'était jamais une bonne idée dans Minecraft. Soudain, il rencontra quelque chose de dur. De la pierre. Gameknight prit sa pioche et s'attaqua aux blocs, qui cédèrent un à un. Il réussit à miner huit blocs avant que sa pioche cède, explosant en une myriade d'esquilles. Il attrapa alors sa seconde pioche et se remit au travail mais, au troisième bloc, une source de lumière éclaira subitement sa grotte, le terrifiant. Dans le jeu, les lumières souterraines n'étaient pas de bons présages. Il eut un mouvement de recul et se réfugia dans un coin qui n'était plus si sombre et dégaina son épée. Peut-être avait-il découvert une caverne ou une mine abandonnée. *Ou alors un cachot… Non, pas si près de la surface.* Cela n'avait pas d'importance ; dans tous les cas, il lui faudrait explorer ce lieu et rester sur ses gardes.

Gameknight999 se rapprocha lentement de l'ouverture et regarda de l'autre côté en se tenant prêt à reculer dans le cas où il verrait des monstres. Il découvrit une petite grotte complètement éclairée, haute de trois blocs et large de quatre.

Dans le fond, il y avait une flaque de lave large de deux blocs. Il n'était donc pas question de torches dans une prison souterraine, mais de lave, dangereuse et si précieuse. Il regarda partout mais ne vit aucun monstre. Un silence absolu régnait. À l'aide de sa pioche, Gameknight agrandit l'ouverture pour pouvoir passer.

À présent, il pouvait voir l'intérieur de sa cachette. Il n'y avait rien de précieux dans le coin, ni charbon ni fer. Pour trouver ce genre de ressources, il lui faudrait creuser beaucoup plus profond. En revanche, il ne manquerait pas de pierre. Gameknight s'installa à son établi et fabriqua des outils en pierre, une épée, une pelle et trois pioches. Il aurait besoin de ces dernières pour trouver du fer. Une fois ses outils en pierre dans son inventaire, il se retourna vers la flaque de lave. S'il se demandait ce qu'elle faisait là, il était bien content de pouvoir profiter de sa lumière. Il se tourna vers sa droite et entreprit de tailler des marches dans le matériau à la recherche de fer. Il ne découvrirait jamais ce qui se passait ici s'il ne s'équipait pas d'armes plus efficaces et d'une armure.

— Je me demande combien de temps je vais rester prisonnier de ce jeu ? se demanda Gameknight à voix haute. Peut-être que je vais être chassé de ce serveur à l'aube...

Il n'y croyait pas vraiment, mais il n'était pas interdit d'espérer.

Tandis qu'il creusait, il se rendit compte qu'il commençait à avoir faim ; son estomac ne gargouillait pas vraiment, mais sa barre de faim diminuait régulièrement. S'il ne trouvait pas de quoi manger rapidement, il perdrait bientôt des points de vie. Il en avait déjà perdu en combattant l'araignée et il n'avait pas envie de revivre cela. Toutefois, le fer restait sa priorité. Il continua donc à creuser dans les profondeurs mystérieuses du sol, sa pioche s'abattant avec une régularité mécanique. Comme il travaillait en rythme, creusant, puis déplaçant les blocs sans s'arrêter, une chanson lui vint à l'esprit, un morceau tiré d'une vidéo de Minecraft dont il ne se souvenait plus vraiment.

Je suis un nain et je creuse un trou… je creuse, je creuse un trou… je creuse, je creuse un trou… Il essaya d'oublier ce refrain, mais celui-ci persista à tourner en boucle dans son esprit. Chantonnant la mélodie, il reprit donc son travail, cognant de plus en plus dur. Comme il n'avait pas de torche, son tunnel était de plus en plus sombre. Il serait bientôt contraint d'arrêter, le risque de tomber dans un trou ou une chambre souterraine étant bien réel. Il ralentit donc la cadence, attendant de voir si les blocs libérés, devant lui, flottaient bien au-dessus du sol et ne tombaient pas dans un gouffre. Soudain, il découvrit une nouvelle salle, et un rai de lumière s'engouffra dans son tunnel, en révélant les moindres détails. Des clapotis lui parvinrent aux oreilles.

S'armant de sa nouvelle épée en pierre, Gameknight s'aventura avec prudence dans l'espace inconnu. À une extrémité, il avisa un bassin alimenté par une chute d'eau qui traversait la voûte de la grotte. Il fit quelques pas circonspects en regardant autour de lui. Ni zombies ni squelettes en vue. Pour le moment. Il aperçut du charbon sur une paroi, les ronds noirs se découpant sur la toile de fond grise. Il compta neuf blocs du précieux matériau, mais il y en avait sans doute davantage derrière. Il se tourna vers la gauche et avisa des blocs de fer. *Du fer!* Il avait besoin de fer, de beaucoup de fer. Notamment pour confectionner une armure et des armes. Mais, d'abord, s'occuper du charbon. Il jeta un nouveau regard autour de lui avant d'aller décrocher ce charbon, sa pioche de pierre mordant avidement dans le minerai noir. De petits morceaux s'accumulèrent à ses pieds, avant d'être transférés dans son inventaire il ne savait trop comment. Récolter le fer fut plus difficile, évidemment, la pierre gris jaune rechignant, semblait-il, à lui céder la précieuse ressource.

Il repéra trois petites boules lumineuses qui flottaient au-dessus du sol à côté du bassin, de même qu'un morceau de toile d'araignée. Gameknight se rapprocha de l'eau et des boules d'XP. Quand il fut suffisamment près, les boules vinrent d'elles-mêmes à sa rencontre, comme si elles avaient des pattes invisibles, avant de disparaître, lui redonnant des forces. Malgré cela, il avait toujours faim. Gameknight leva les yeux vers la voûte et vit un rond de ciel bleu. Le jour s'était levé. Il pouvait donc sortir sans crainte. Il retourna dans le tunnel qu'il avait creusé, gravit les marches qu'il avait taillées, puis scella le boyau avec des blocs de terre. Pas question que des zombies entrent par la porte de derrière pendant son absence. Grâce à son établi, Gameknight fabriqua un four, qu'il posa par terre. Il y plaça quelques morceaux de charbon, qui générèrent aussitôt des flammes orange. Celles-ci enflèrent, léchant les parois du four et éclairant sa cachette. Il ajouta alors du minerai de fer dans le feu. Puis Gameknight fabriqua des torches – vingt-quatre en tout. Cela devrait suffire, car il n'avait pas l'intention d'utiliser ce qui lui restait de charbon pour s'éclairer. Il alla jeter un coup d'œil au four et constata que son fer était prêt, le minerai ayant cédé la place à des petits lingots gris terne. Utilisant le métal fondu, il se forgea une nouvelle épée.

Désormais, il était prêt à sortir.

Gameknight brisa les blocs qui obstruaient l'entrée de sa cachette et sortit chasser. Il gravit en courant une colline toute proche et examina les environs. Il avisa des moutons… Il n'aimait pas le mouton. Il ne savait pas pourquoi, mais c'était comme ça. Alors il chercha d'autres proies. Les collines se succédaient telles des vagues dans toutes les directions, verdoyantes et parsemées de fleurs colorées. L'herbe ondulait dans la brise. Çà et là, il y avait des bosquets de chênes et de bouleaux impressionnants qui montaient la garde sur la région, en protégeant les habitants. Au loin, dans la taïga, dominaient les sapins coiffés de neige, le vert foncé de leurs branches contrastant avec le glaçage qui les recouvrait partiellement.

Alors Gameknight trouva ce qu'il cherchait : des vaches. Elles se promenaient dans les plaines herbeuses, leur robe blanche parsemée de taches noires se mêlant aux ombres et les rendant difficiles à repérer sur la toile de fond blanche de l'arrière-plan enneigé. Mais, à présent, il ne voyait plus qu'elles. Au milieu du troupeau, il reconnut également quelques cochons roses, qui ressemblaient à des bonbons sur un gâteau. C'était exactement ce dont il avait besoin.

Gameknight999 chargea le troupeau, son épée à la main. Animé par la faim qui le tenaillait, il traversa la plaine en un rien de temps. Comme il se rapprochait, un cochon curieux vint à sa rencontre.

—Petit, petit, viens par ici, lui dit-il.

Quand il fut suffisamment proche, Gameknight frappa vite et fort, sachant que l'animal tenterait de se sauver.

« Slash ! »

Couinements.

Fuite désespérée.

« Slash ! Slash ! »

Couinements...

Côtelettes de porc.

Il avait tué l'animal et avait désormais de quoi manger, mais cela avait été terrible. Les cris, surtout. Les cochons couinaient toujours quand on les frappait, mais les entendre de près était très impressionnant. L'animal avait exprimé une angoisse terrible. Il avait eu mal et peur, il savait que sa vie était arrivée à son terme. Horrible, vraiment. Que se passerait-il quand viendrait son tour ? Aurait-il aussi peur que ce cochon ? Mourrait-il dans Minecraft pour réapparaître dans sa cave, ou bien reviendrait-il dans le jeu ? Ou alors sa mort serait-elle définitive ? Un frisson lui parcourut l'échine, la crainte de la mort agrippant son âme tels des doigts squelettiques et glacés. Des pensées terrifiantes défilèrent dans son esprit. Il s'assura de l'absence de menaces potentielles autour de lui, car il n'avait pas du tout envie de connaître le même destin que cette bête. Alors son ventre gargouilla, et il se rappela qu'il devait manger.

Gameknight se remit en marche, à la recherche d'autres animaux. La veille encore, quand il n'était pas prisonnier à l'intérieur de Minecraft, il lui arrivait de tuer des cochons pour s'amuser. Il ne s'était jamais demandé si ces animaux ressentaient quelque chose ; ce n'était qu'un jeu, après tout.

Mais ce n'était plus le cas, semblait-il. Tout ceci était trop réel.

Il avait de plus en plus faim. Peu importaient les cris terribles de ses proies, il lui fallait trouver de quoi manger. Il courut et se retrouva bientôt face à un troupeau de vaches vaquant à leurs occupations de vaches, broutant et meuglant. Gameknight les attaqua, en tuant une, puis deux, puis trois, amassant de la viande, tandis que leurs cris horribles résonnaient dans son âme et l'emplissaient d'un intense sentiment de culpabilité. Après cela, il retourna vers sa cachette. En chemin, il croisa deux poules qui avaient l'air de se cacher derrière un taillis et les tua elles aussi. Il ne se rappelait plus qui, mais quelqu'un, sur YouTube, avait l'habitude de les appeler les « poules espionnes ». PaulSeerSr, peut-être. Ce souvenir lui arracha un sourire, qui s'effaça aussitôt que les volailles se mirent à caqueter de douleur lorsque le métal de son épée s'enfonça dans leur chair, les coupant en deux. Quel bruit effrayant !

Atteignant enfin sa cachette, Gameknight s'arrêta pour planter deux torches devant l'entrée. Mieux valait ne pas oublier l'emplacement de sa maison quand on partait à la chasse. Plus tard, quand il aurait le temps, il bâtirait une tour visible de loin. Pour le moment cependant, il avait besoin de manger.

Il sauta dans sa cachette et en scella une nouvelle fois l'entrée avec des blocs de terre, puis il mit sa viande de vache à cuire au four. Sa faim augmentait encore. Il la sentait qui enflait en lui, tel un vide qui menaçait de rogner ses PV. Il ignorait combien de points de faim il lui restait ; sans moniteur devant les yeux, c'était difficile à juger, mais il savait qu'il avait un besoin vital de se restaurer, son estomac creux commençant à le faire souffrir. Il se jeta sur un premier steak, puis sur un deuxième. La viande redonna des forces à Gameknight999, chassant sa faim et lui ajoutant des PV. C'était drôle ; même s'il ne les voyait pas, il sentait les barres de ses points de vie s'allonger.

En pleine forme, il se fabriqua une nouvelle pioche en pierre et se mit en quête de minerai de fer. Il excava la terre qui bouchait l'entrée de son tunnel et descendit les marches jusqu'à la caverne découverte plus tôt. Il planta une torche dans le tunnel et arpenta les ténèbres de la salle. Il longea la paroi sur sa droite, y plantant régulièrement des torches, à la recherche de charbon et de fer si précieux. Comme il s'enfonçait dans les profondeurs de la caverne, il surveillait ses arrières de crainte d'être attaqué par des monstres et plantait des torches dans le sol. Il convenait d'agir lentement et avec circonspection. En effet, à cette profondeur, il risquait de croiser des monstres, quelle que soit l'heure du jour ou de la nuit.

Il finit par trouver des blocs de charbon et de fer, mais pas beaucoup. Il n'avait d'autre choix que de creuser plus profondément. Les phalanges serrées autour de la poignée de son épée, Gameknight avança avec précaution, essayant de rester dans le cercle de lumière de sa dernière torche, s'aventurant dans les ténèbres avant d'en planter une nouvelle, dont la lueur ne manquait jamais de le rassurer. Le sol irrégulier de la caverne était constitué de terre et de pierre, avec un peu de cailloux. Parfois, le terrain descendait brusquement avant de remonter, tandis que le tunnel serpentait dans les entrailles de ce monde. Il s'agissait manifestement d'un passage naturel, les parois et le sol ondulant de façon erratique. Progressivement, les murs se rapprochèrent, transformant le large passage en boyau haut de seulement quatre blocs. C'était mieux ainsi. Ses torches éclairaient désormais toute la largeur du passage. Gameknight trouva deux nouveaux blocs de fer, qu'il excava avec sa pioche en pierre.

« Crac ! »

Usé, l'outil se brisa. Il s'arma alors de sa seconde pioche et se remit en marche. Le sol plongea de nouveau, mais cette fois-ci de façon alarmante. Les monstres vivaient en bas, il le savait. Il dégaina son épée et avança, s'arrêtant régulièrement pour miner les ressources. Se déplaçant avec circonspection dans le tunnel sombre, Gameknight entendait les monstres, au loin, et leurs gémissements empreints de tristesse et de haine pour tout ce qui vivait. Des zombies.

Plantant les torches plus près les unes des autres, il poursuivit sa route, son épée prête à le défendre, sa peau couverte de chair de poule. Il se rappelait trop bien son combat avec l'araignée, l'intensité de sa souffrance physique. Il avança, l'oreille dressée. Au détour d'un tournant, il trouva beaucoup de minerai, qu'il entreprit d'excaver avec enthousiasme. Il libéra un bloc, puis un autre, puis deux autres.

« Crac ! »

Sa deuxième pioche rendit l'âme et disparut subitement. Il sortit son troisième outil et se remit à taper de toutes ses forces dans les blocs tachetés de jaune. Cette veine lui donnerait peut-être assez de métal pour fabriquer tout ce dont il avait besoin pour survivre dans ce monde.

Est-il réel ? se demanda-t-il. La douleur qu'il avait ressentie lorsque l'araignée l'avait blessé l'avait, elle, bien été. Il n'était d'ailleurs pas près de l'oublier. Il travailla avec acharnement, refusant d'oublier le moindre morceau de minerai. En creusant et en cherchant des veines secondaires, il libéra aussi de nombreux blocs de roche, qui tombèrent au sol ou restèrent suspendus dans les airs comme s'ils flottaient sur un océan invisible. À côté du fer, il trouva aussi des blocs de charbon. *Parfait!* Il attendit cependant pour s'en occuper d'avoir terminé d'excaver le fer. Alors il creusa et accumula les morceaux noirs à ses pieds.

Comme il s'apprêtait à les ramasser, un gémissement triste emplit l'atmosphère, un cri lâché par une créature désespérée. Il n'y avait plus ni amour ni vie dans cette voix, simplement une tristesse infinie, une amertume qui poussait la créature à haïr tout ce qui vivait encore. Il y avait un zombie tout près. Comme il se retournait, Gameknight reçut un coup violent. Le monstre en décomposition tendit ses bras d'un vert maladif et le frappa à l'épaule. Le coup lui fit mal, mais pas de dégâts. Gameknight examina les bras de son assaillant, s'attendant à voir des appendices obtus et inoffensifs, au lieu de quoi il avisa des mains munies de cinq griffes aiguisées comme des rasoirs, qui brillaient dans la lumière dispensée par les torches. Gameknight dégaina son épée et contre-attaqua, tâchant de maintenir le monstre à distance. Mais alors une seconde créature arriva, l'assaillit et entailla son flanc découvert, lui causant une douleur intense. Des gémissements furieux résonnèrent dans les profondeurs du tunnel, se réverbérant sur les parois, ce qui rendit impossible l'estimation du nombre de zombies. Ces deux-ci n'étaient que des éclaireurs, et le son de la bataille attirerait bientôt le reste de la bande. Pas question de s'attarder. Le coin grouillait apparemment de monstres affamés, qui avaient mis Gameknight sur le menu du jour.

Il se concentra sur un seul zombie, frappant et frappant encore sans se soucier des dégâts infligés par le second. Juste avant de disparaître en abandonnant dans son sillage des boules d'XP luisantes, le zombie prit un air incrédule, comprenant qu'il allait mourir. Gameknight n'avait aucun remords. Il se retourna vers la seconde créature, décidé à en finir.

—Tu en veux aussi! cria-t-il. Alors viens, on va danser, tous les deux!

Il frappa de plus en plus en plus fort et de plus en plus vite, l'excitation de la bataille lui faisant oublier ses propres blessures.

Le zombie vira au rouge et se mit à clignoter.

—Alors, ça fait du bien ? Qu'est-ce que tu en dis ?

Gameknight visa la tête du monstre. Il y eut un nouvel éclair rouge, puis un autre. Cependant, le zombie contre-attaqua, ses griffes sifflant dans les airs juste devant son adversaire, qui venait de bondir en arrière pour rester hors de portée de ces terribles serres. Puis Gameknight avança en donnant de grands coups d'épée et, finalement, le monstre disparut et de nouvelles boules d'XP tombèrent par terre. Il ramassa vite son butin et courut vers la sécurité de sa cachette, située à l'autre bout du tunnel qu'il avait creusé. Il longea sa piste de miettes de pain, ou plutôt de torches, retrouvant facilement son chemin et laissant les zombies faire ce qu'ils avaient à faire dans les profondeurs du monde de Minecraft. Aucun autre monstre ne le prit à partie. Gameknight se félicita de la lâcheté de ses adversaires car son bras gauche le faisait souffrir. Il avait perdu quelques PV, ce qui le conforta dans l'idée qu'il avait besoin d'une armure.

Il entendait la chute d'eau, quelque part devant. La vaste salle était désormais plongée dans le noir, car plus aucune lumière ne transperçait la voûte. Seules ses torches chassaient les ténèbres, les maintenant à distance. Il faisait nuit dehors. C'était l'heure des monstres. Gameknight atteignit enfin l'escalier qu'il avait taillé dans la roche et qui n'était éclairé que par une seule torche. Une fois dans son abri, il scella le passage avec des blocs de terre. Il soupira, soulagé ; il était enfin en sécurité. Il prit le morceau de viande de vache qui lui restait et le mangea, récupérant des PV. Il avait encore un peu mal, mais, surtout, il avait très peur. Son cœur battait la chamade.

Il avait besoin d'informations, de comprendre ce qui lui était arrivé. *Qu'est-ce que c'est que ce monde ? Ça ne peut pas être un rêve. La douleur est trop vive, trop réelle, la terreur trop intense en présence de mes ennemis. C'est un cauchemar, mais en pire.* Évidemment, il y avait ce village… Là-bas, il pourrait en apprendre davantage. Pour l'atteindre, toutefois, il lui faudrait traverser de vastes espaces. Il n'y arriverait pas forcément avant la nuit, et celle-ci était dangereuse, très dangereuse. Les deux derniers zombies ne lui avaient pas posé trop de problèmes, mais cela ne les avait pas empêchés de causer des dégâts. Comment se débrouillerait-il face à cinq ou six d'entre eux, plus une araignée, plus un creeper… *Un creeper !* À l'idée de croiser la route de ces bombes sur pattes tachetées de vert, Gameknight frissonna de peur, mais il savait qu'il lui faudrait les affronter un jour. Le village était sans doute entouré de monstres, et les creepers étaient probablement en première ligne. La nuit, notamment. Il lui faudrait fabriquer une armure en fer ou bien il ne survivrait pas à ce voyage.

Il mit les trente et un morceaux de minerai de fer qu'il avait récoltés dans le four, plus un tas de charbon en dessous. Pendant que le métal chauffait, Gameknight s'occupa en préparant des torches. Usant de sa dernière pioche, il entreprit ensuite d'agrandir son abri, excavant des blocs de terre et de pierre, taillant dans les murs et le plafond. Gameknight sauta et plaça un bloc de terre sous ses pieds, puis il répéta l'opération. Juché sur deux blocs, il se tourna vers le mur extérieur et creusa à l'horizontale, traversant la paroi. Ainsi, il bénéficierait de la lumière du jour mais ne risquerait pas de recevoir la flèche d'un squelette. Cela lui permettrait aussi de voir quand il pourrait sortir sans risque. Il faisait toujours noir dehors, et les cliquetis des araignées, les gémissements des zombies et les « boing-boing ! » des slimes lui parvenaient aux oreilles, le faisant un peu – bon d'accord, beaucoup – frissonner de peur.

Il ouvrit son four et y trouva neuf lingots de fer, qu'il posa sur son établi. Il en disposa huit devant lui et se fabriqua un plastron, qu'il enfila aussitôt. Quatre nouveaux lingots étaient prêts dans le four. Avec cinq morceaux de métal, il confectionna un heaume. Cette armure réussit à chasser un peu de sa peur, le faisant se sentir plus sûr de lui, plus fort, comme devait l'être Gameknight999.

— Dommage que je ne puisse pas voir de quoi j'ai l'air, dit-il à haute voix.

Il ignorait quel skin il utilisait et à quoi pouvait bien ressembler son armure dans ce Minecraft haute résolution.

Il se tourna vers le four et découvrit dix autres lingots. Pas tout à fait assez, donc. Il lui en fallut sept pour fabriquer des jambières, qu'il essaya aussitôt, fléchissant les jambes. Il trouva son pantalon de métal étonnamment flexible et léger. *Intéressant…* Il rouvrit le four et récupéra quatre lingots qui, ajoutés aux autres, lui permirent de fabriquer des bottes. Il possédait une armure complète, désormais, et cela changeait tout. Il dégaina son épée et se battit contre des ennemis imaginaires, sentant le poids de l'armure sur son corps. Sa nouvelle peau de métal lui paraissait forte et résistante, tout en restant légère et complètement flexible. À présent, il était prêt à montrer à ce serveur qui était vraiment Gameknight999.

En attendant que les derniers lingots soient terminés, il se demanda comment fonctionnait cet endroit. *Suis-je dans l'ordinateur de papa? ou bien sur un serveur, quelque part?* Que se passerait-il si leurs ordinateurs étaient débranchés ou s'ils plantaient? À cette idée, un frisson lui parcourut le dos et ses poils se dressèrent sous son armure froide. Gameknight aimait garder le contrôle de la situation, ce qui n'était pas vraiment le cas depuis son arrivée ici.

À l'école, c'était un peu pareil; il restait toujours dans l'ombre pour ne pas attirer l'attention des brutes. Il n'était ni le plus grand, ni le plus costaud, ni le plus intelligent de sa classe. Il était juste un garçon ordinaire qui préférait éviter les ennuis. Son objectif, à l'école, était de rester invisible. Dans Minecraft, en revanche, c'était tout à fait différent. Dans Minecraft, il prenait les choses en main. Il se jouait des autres utilisateurs, il les taquinait, il les trollait quand cela le chantait. Personne ne connaissait ce jeu aussi bien que lui, sauf peut-être Notch, son créateur. Grâce aux plus récents patchs et modifications, il pouvait faire ce qu'il voulait. Sa taille et sa rapidité importaient peu. Dans Minecraft, Gameknight999 contrôlait la situation. Du moins jusqu'à présent.

Avec les lingots de fer restants, il fabriqua une pioche, une hache, et une pelle. Il avait tous les outils dont il avait besoin. Il enfourna alors ses côtes de porc et sa volaille, laissa cuire le tout et stocka la viande dans son inventaire. Il en aurait besoin quand il quitterait cette cachette. Il prit sa toute nouvelle pioche et détruisit son four ainsi que son établi, récupérant tout de même les outils essentiels. À présent, il était prêt. Prenant appui sur un bloc de terre, il sauta sur les deux blocs de pierre qu'il avait empilés et jeta un coup d'œil dehors par le trou horizontal qu'il avait creusé plus tôt. Le soleil s'était levé. Il faisait jour, et le soleil carré était visible dans le ciel.

C'était le moment.

Il descendit et libéra l'entrée de sa cachette à l'aide de sa pelle en fer, ce qui fut très facile. Une fois dehors, il camoufla la crevasse. En effet, il avait appris très tôt à ne pas installer de porte à l'entrée de ses cachettes pour ne pas attirer l'attention d'éventuels vandales et autres pillards intéressés par ce qu'il possédait. Lui-même avait cambriolé à de nombreuses reprises les cachettes de joueurs inexpérimentés et pathétiques. À l'est, le soleil était désormais entièrement visible. Gameknight avait pas mal de temps devant lui. Avant de prendre la direction du village, il escalada la montagne qui surplombait sa cachette ; pour cela, il choisit une voie qui lui permettait de bondir de bloc en bloc.

Il retourna quelques fois sur ses pas, mais atteignit néanmoins le sommet assez rapidement. La vue était spectaculaire. Le paysage de Minecraft s'étalait devant lui tel un patchwork de milieux différents. De près, tout, dans ce monde, était constitué de blocs, mais, de loin, le décor paraissait parfaitement lisse. Gameknight leva les yeux au ciel et vit que le soleil filait inexorablement vers l'ouest. La nuit tombait toujours bien trop vite ; il devait se dépêcher. Grâce aux blocs de terre qu'il avait excavés en agrandissant sa cachette, il érigea une tour, un simple empilement de blocs. Lorsqu'il fut à dix blocs de hauteur, il planta des torches sur toutes les faces visibles, puis recommença cinq blocs plus haut. Pour finir, il sauta sur le sommet de sa tour et y plaça une dernière torche. L'expérience aidant, il savait qu'il était facile de se perdre dans Minecraft et qu'un phare pouvait vous sauver la vie. Mais rentrerait-il jamais chez lui ?

Satisfait par sa construction – elle serait visible de très loin –, Gameknight sauta. Tomber d'une hauteur pareille aurait pu lui retirer des PV, mais il avait pris soin d'ériger sa tour près de la source de la chute, un bassin bouillonnant qui se déversait par-dessus un promontoire, l'eau tombant alors d'une hauteur de vingt ou trente blocs. Gameknight prit son élan et se jeta dans le bassin.

Comme il était pressé, il décida de redescendre grâce à la chute plutôt que de faire le trajet à pied. Il se laissa donc porter par l'eau jusqu'au bord de la falaise. Momentanément, il fut privé d'air. Comme il chevauchait la chute d'eau, Gameknight vit le sol venir à sa rencontre. Pour ne pas tomber dans la grotte située en contrebas, il s'extirpa de la chute et, lorsqu'il fut à une hauteur raisonnable, sauta et atterrit avec grâce sur la terre ferme, courant avant même de toucher le sol. Filant vers le nord, il entreprit de sortir de la cuvette dans laquelle il se trouvait. Il regarda par-dessus son épaule et constata que son phare brillait fièrement au sommet de la montagne. Avec un peu de chance, il serait visible de très loin. Il attirerait peut-être des vandales, mais ceux-ci ne trouveraient jamais l'entrée de sa cachette, à moins d'avoir des rayons X. Par ailleurs, il avait pris avec lui le plus important : ses vivres, ses armes et ses outils. Si on lui volait le reste, ce ne serait pas si grave.

Gameknight999 courut vers le nord et son objectif : le village lointain. Devant lui se dressait la montagne monstrueuse – celle que ses affleurements rocheux pointus faisaient ressembler à la mâchoire d'un monstre vorace. Il lui faudrait passer devant cette brute de terre pour atteindre le village, perspective qui le fit frissonner. La gueule géante semblait attendre qu'il se rapproche et commette une erreur fatale. Une main invisible, glacée et humide, lui agrippa la colonne vertébrale, le faisant trembler une fois de plus. Il aperçut quelques araignées et creepers au loin. À partir de maintenant, il lui faudrait être rapide et discret, ou bien il arriverait au village trop tard. Ou pire, il n'y arriverait jamais. Il regrettait de ne pas avoir Shawny avec lui. Shawny était son ami dans Minecraft. Dans la vie aussi, peut-être. Ils avaient vécu de nombreuses aventures ensemble, et avaient combattu côte à côte. Gameknight n'avait pas l'habitude d'admettre qu'il avait besoin de quelqu'un. Il était un loup solitaire par nature mais, aujourd'hui, il avait désespérément besoin d'aide, d'un ami. Toutefois, il ne servait à rien de rêver, de nourrir de faux espoirs. Gameknight rangea sa peur au plus profond de son âme et allongea sa foulée en s'efforçant de maintenir son angoisse à la marge de sa conscience.

—Gare à vous, monstres! lança-t-il en brandissant son épée, le corps enveloppé d'une coque de fer protectrice. Gameknight999 est dans la place!

Et il courut de plus belle vers son destin.

5

LA BATAILLE

Le voyage jusqu'au village fut terrifiant. Les monstres étaient partout, semblait-il. Les araignées se cachaient derrière les troncs, et les squelettes restaient groupés à l'ombre des forêts, la cime des arbres, au-dessus de leur tête, leur offrant une protection contre la chaleur du soleil. Les zombies à l'esprit embrumé patientaient dans de rares crevasses et grottes, leurs gémissements emplissant l'atmosphère. Il y avait au moins deux fois plus de monstres que ce à quoi Gameknight était habitué. Apparemment, ils sentaient sa présence de loin, sa chair les attirant comme le sang attirait les requins.

Il progressa rapidement de colline en colline, s'arrêtant à chaque sommet pour regarder avec circonspection de l'autre côté. Pendant une de ces pauses, des cliquetis de pattes d'araignées lui parvinrent aux oreilles. Gameknight se retourna et dégaina son épée dans un même mouvement fluide et se retrouva face à trois arachnides géants, dont les poils raides bougeaient dans toutes les directions à la fois, et dont les yeux rouges brûlaient de haine et d'une soif de destruction. L'araignée du milieu bondit dans l'espoir d'atterrir sur le personnage vêtu de fer. Gameknight sauta sur la gauche en frappant vigoureusement la bête à l'abdomen. Le monstre vira momentanément au rouge. Les deux autres araignées se jetèrent dans la bataille, leurs griffes noires taillant dans tous les sens. Un de leurs coups atteignit sa cible, entaillant son plastron. Gameknight eut un mouvement de recul et contre-attaqua, repoussant la première bête tandis que les deux autres le contournaient. Ces créatures étaient intelligentes et savaient se battre ensemble, l'une occupant leur proie pendant que les autres cherchaient un nouvel angle d'attaque. Tournant sur lui-même, Gameknight frappa le monstre de droite, puis fit face à celui de gauche, tout en faisant reculer celui du milieu.

« Slash ! Bang ! »

Il reçut un nouveau coup de griffe.

Gameknight combattait trois monstres à la fois et recevait trop de coups ; son armure était mise à rude épreuve. Il était urgent de trouver une solution. Le joueur fonça droit devant lui, passant entre les trois monstres et donnant, au passage, un coup d'épée à celui de tête. Surprises par sa tactique, les araignées se figèrent, ne sachant comment réagir. Profitant de cet avantage, Gameknight sortit sa pelle et mina rapidement trois blocs – se félicitant de ne rencontrer que de la terre – avant de sauter dans le trou et de replacer un bloc au-dessus de sa tête. Enveloppé dans des ténèbres absolues, Gameknight écouta les cliquetis qui se rapprochaient. Les araignées étaient furieuses d'avoir laissé échapper leur proie. Apparemment, elles savaient où il se trouvait car elles piétinaient au-dessus de sa tête, impuissantes. Elles n'avaient pas été programmées pour creuser, et étaient incapables de le déterrer. Les bruits produits par les chasseresses restaient néanmoins terribles, car ils témoignaient de leur haine et de leur appétit de mort. La terreur de Gameknight se répandait dans toutes ses veines ; les araignées n'étaient qu'à un bloc de distance. S'accroupissant pour s'éloigner un peu plus de ses ennemis, il attendit dans les ténèbres, espérant une idée miraculeuse. Soudain, contre toute attente, les monstres semblèrent perdre sa trace et s'éloignèrent.

C'est intéressant…

Dans les ténèbres, Gameknight considéra les options qui s'offraient à lui. Il n'entendait plus les monstres, mais peut-être étaient-ils toujours là, attendant que leur souris sorte de son trou. Tremblant de peur, Gameknight décida qu'il ne pouvait pas passer la nuit là. Il s'arma de sa pelle et se dégagea pour jeter un regard circonspect à l'extérieur, à la manière d'un périscope fendant la surface de l'eau. Les araignées étaient apparemment passées à autre chose. Poussant un soupir de soulagement, il longea du doigt l'entaille de son plastron, le métal dentelé lui rappelant la réalité de ce qu'il vivait. Puis il sortit de son trou et se remit en marche.

À plusieurs reprises, il fut contraint de fuir ou de s'enterrer momentanément pour ne pas être vu des insectes géants et noirs et des creepers en colère. Surtout des creepers, qu'il craignait par-dessus tout, car leur seule tactique consistait à se faire exploser lorsqu'ils se trouvaient à proximité d'un utilisateur. Plusieurs d'entre eux l'essayèrent d'ailleurs sur lui, tentant de l'approcher discrètement et de le prendre par surprise. Il réussit à en tuer deux avant qu'ils explosent, mais pas le troisième, qui endommagea un peu plus son armure. Heureusement, celle-ci suffit néanmoins à le protéger, et il n'eut pas à souffrir dans sa chair.

Voilà comment il traversa ce paysage dégagé. Courant, creusant, s'accroupissant, courant, creusant, s'accroupissant... Puis recommençant.

Enfin, tandis que le soleil terminait de disparaître derrière la ligne d'horizon, il arriva en vue des torches du village. Au loin, le ciel prit une teinte rouge orangé et se constella rapidement d'étoiles scintillantes. En dépit de la faible luminosité, les monstres ne convergeaient pas vers Gameknight, ce qui l'étonna beaucoup. Lui qui s'attendait à devoir courir à perdre haleine lorsque les ténèbres régneraient... Pourtant, les monstres semblaient moins nombreux tout à coup, comme s'ils étaient occupés ailleurs. Et ils l'étaient effectivement. À présent qu'il voyait le village, il comprenait. Un grand nombre de créatures s'amassaient dans la communauté – sans doute tous les monstres de la région, des bêtes affamées, ne pensant qu'à dévorer les gens qui s'y cachaient.

Comme il avait besoin de réponses, il ne pouvait pas laisser ces créatures détruire cet endroit. Courant aussi vite qu'il le pouvait, Gameknight fonça vers le village. À mesure qu'il s'en approchait lui parvenaient les cris des villageois attaqués par les araignées et les zombies, les hurlements de ceux que transperçait une flèche de squelette, l'éclair rouge d'un creeper qui se faisait exploser. Des pleurs d'agonie résonnaient dans ses oreilles, les cris des blessés, les gémissements des mourants. Ce village était sur le point d'être rayé de la carte de Minecraft pour toujours. C'était réel, terrible, comme si Gameknight lui-même ressentait la douleur et la terreur des villageois.

« Ah ! » Une douleur dans le flanc. Gameknight entendit une villageoise crier comme un zombie la martelait avec ses bras aux bouts carrés. Étrangement, la souffrance qu'elle ressentait résonnait en lui.

« Ah ! » Une douleur dans le dos. Un villageois reçut une flèche et tomba. Gameknight eut l'impression que la pointe métallique s'enfonçait dans sa propre chair.

Les éclairs de douleur étaient presque insupportables. Pourquoi les ressentait-il ? Il ne perdait pas de PV, mais la douleur n'en restait pas moins très intense. Il semblait relié à ces villageois – et non à Minecraft. Cela devait cesser.

Gameknight se jeta dans la bataille et chercha des cibles. D'abord, s'occuper des zombies. Les créatures vertes essayaient de défoncer les portes des maisons pour s'emparer des habitants sans défense. Courant et bondissant entre les araignées et les creepers, Gameknight se jeta sur un groupe de zombies, qu'il frappa avec son épée en fer avant de se retirer, espérant qu'ils se lancent à sa poursuite, ce qu'ils firent. Puis il se laissa rattraper et les tua un à un. Un coup dans la tête, un autre dans le torse et un dernier dans le dos. Les trois créatures tombèrent et disparurent, laissant derrière elles des sphères d'XP et des morceaux de chair. Gameknight courut vers ses prochaines victimes, les massacra et récupéra des sphères d'XP qui lui donnèrent un peu de force. Comme il fendait la foule de monstres, il planta des torches dans le sol, parsemant le village de cercles jaunes qui lui permettaient de mieux appréhender les menaces potentielles. Tout en courant et en plantant des torches, il donnait des coups d'épée çà et là.

« Bang ! Bang ! Bang ! » Un zombie cognait de toutes ses forces sur une porte avec ses mains griffues. Courant d'une maison à l'autre, Gameknight chercha l'origine de ce raffut et repéra le zombie devant l'entrée de la structure semblable à un château qui dominait le village. Sans réfléchir, il l'attaqua et le transperça sans aucune difficulté, se retournant juste au moment où une araignée lui assenait un coup de griffe. Il y eut un crissement détestable lorsqu'une serre lui balafra le plastron en faisant un bruit d'ouvre-boîtes démoniaque. Gameknight perdit des PV. Il recula et frappa l'araignée à la tête chaque fois qu'elle essayait d'avancer sur lui. Quatre coups d'épée plus tard, la bête s'évaporait en laissant derrière elle des sphères d'XP et de la soie.

Se désintéressant de son butin, Gameknight fit face à d'autres zombies. Un sifflement se fit soudain entendre. Un creeper se préparait à exploser. Il repéra le monstre à la carapace vert et noir près d'une maison. La détonation était imminente. Gameknight courut vers la bombe sur pattes et lui assena un coup d'épée à la tête, l'empêchant d'exploser, mais attirant son attention. Le creeper fixa sur lui un regard d'un noir absolu dans lequel brûlait une haine inextinguible. Le monstre devint plus clair et enfla, se préparant de nouveau à exploser. Réagissant promptement, Gameknight brandit son épée de fer et frappa la créature de façon répétée jusqu'à ce qu'elle disparaisse et laisse dans son sillage un petit monticule de poudre à canon et des sphères d'XP.

Traversant le champ de bataille, Gameknight joua de son arme et tailla dans les zombies, découpant têtes et bras sur son passage. Il était comme un tourbillon de mort, sa lame décrivant de grands arcs dans les rangs ennemis, frappant les monstres comme il l'avait fait de très nombreuses fois. Mais cette fois-ci était différente. C'était pour de vrai. À présent, les zombies savaient qu'il était là et qu'il les chassait. Changeant de tactique, les créatures vertes se rassemblèrent en grands groupes et avancèrent vers lui en tendant leurs mains griffues. Fuyant un groupe de ce genre,

Gameknight aperçut les grands Endermen qui attendaient à l'extérieur du village, leur regard blanc brillant dans les ténèbres. Ils ne le lâchaient pas des yeux et semblaient diriger leurs troupes.

Juste à ce moment-là, un groupe de zombies arriva dans sa direction. Les gémissements mêlés des monstres emplissaient l'atmosphère. Gameknight fonça droit sur eux, transperçant le groupe en son centre à grands coups d'épée. Puis il fit demi-tour et recommença, et ainsi de suite, jusqu'à ce que le bataillon soit vaincu et le sol jonché de sphères d'XP et de chair puante. Gameknight récupéra les boules d'XP et entreprit de tuer les zombies encore debout, ce qui lui prit quelques secondes.

Les Endermen lâchèrent des ricanements irrités en voyant tomber leurs derniers zombies. Les grands monstres restaient à l'écart et ne prenaient pas directement part à la bataille. Gameknight espérait d'ailleurs qu'ils ne changeraient pas d'avis, les Endermen étant des adversaires redoutables. Avec de simples armes et protections en fer, il n'était pas certain de survivre à un combat contre une de ces créatures des ténèbres, mais il savait que celles-ci ne se battaient que lorsqu'elles étaient provoquées, ce qu'il n'avait nullement l'intention de faire.

Ayant décimé les zombies, il choisit de se concentrer sur les squelettes, dont les flèches faisaient des dégâts considérables de loin. Se faufilant entre plusieurs maisons, il avisa un bâtiment doté d'une ouverture de la taille d'un bloc à hauteur de tête. Un squelette en profitait pour décocher des flèches à l'intérieur, les cris de terreur des propriétaires de la demeure résonnant dans l'esprit de Gameknight. Celui-ci se rapprocha du mur et plaça un bloc de pierre dans l'ouverture avant de charger le squelette, tandis qu'une pluie de flèches s'abattait sur son armure. Il continua néanmoins d'avancer sur ses ennemis en agitant son épée. D'autres sphères d'XP apparurent rapidement.

Des PNJ se cachaient dans la pièce du fond d'un bâtiment dépourvu de porte. Gameknight scella l'entrée avec des blocs de pierre et s'en fut chercher d'autres cibles. Il voyait au loin des Endermen qui se téléportaient en divers endroits, suivis par des nuages de particules violettes. Apparemment, ils cherchaient de meilleurs postes d'observation pour assister à la bataille. Il arrivait qu'une des créatures noires se matérialise dans le village pendant un instant, avant de se volatiliser aussitôt. Détournant rapidement les yeux afin de ne pas les provoquer, Gameknight continua à se battre, oubliant les monstres sombres et dégingandés pour le moment. Dans les rangs ennemis, les pertes étaient considérables ; les zombies étaient tous morts, aussi Gameknight se concentrait-il désormais sur les squelettes et les creepers. Traversant le village en courant, il distança les araignées et se rapprocha des squelettes pour les attaquer de près.

Se rappelant quelque chose qu'il avait appris en jouant à un des vieux jeux PC de son père – Wing Commander –, il se focalisa sur les squelettes. Il courut en zigzags, ne donnant qu'un coup à la fois aux monstres osseux avant de se retirer. Grâce à cette tactique, il usa lentement mais sûrement les PV de ses adversaires, tandis que ses mouvements incessants les empêchaient d'ajuster leurs tirs. Leurs flèches sifflaient au-dessus de sa tête et lui frôlaient le dos. Il n'avait pas encore été touché, mais les projectiles se rapprochaient dangereusement. Les Endermen comprirent sa manœuvre et réagirent. Des groupes d'araignées prirent position autour des squelettes pour les protéger.

—Vous voulez jouer à ça ? lança Gameknight à personne en particulier. D'accord. Dites-moi ce que vous pensez de ça, alors.

Il chargea subitement les creepers et leur assena quelques coups sans cesser de courir dans l'espoir de les faire exploser à l'extérieur du village. Malheureusement, cela ne se passa pas ainsi. Il fit donc un nouveau passage et prit pour cible deux monstres pour les attirer à l'extérieur du village. Cette fois, cela fonctionna, et les créatures le suivirent comme s'il jouait de la flûte. Suivi par une file de creepers, il s'engagea dans la plaine. Lorsqu'il fut suffisamment loin du village, il fit volte-face et abattit sa lame de fer de façon répétée sur la bête de tête afin de la faire exploser. Gameknight s'en éloigna au dernier moment. Le monstre enfla, clignota et s'autodétruisit en emportant ses camarades avec lui. Une odeur de soufre emplit l'atmosphère tandis que de blocs de terre pleuvaient dans un cratère géant.

Gameknight999 retourna vers le village et repéra un groupe de creepers autour du puits, leurs corps vert et noir se bousculant comme ils bougeaient apparemment sans but. Il fonça dans le tas, frappant le leader des monstres, qui vira momentanément au rouge.

— Allez, suivez-moi! cria-t-il aux monstruosités en reculant lentement.

Comme prévu, les créatures se lancèrent à sa poursuite. Leurs petites pattes de cochons piétinaient le sol à toute vitesse. D'autres groupes se joignirent à eux, car tous les monstres ne rêvaient que de se faire sauter pour anéantir le joueur. Lorsqu'ils furent assez loin du village, Gameknight les fit exploser une fois de plus, courant se mettre à l'abri au dernier moment pour ne pas souffrir de la détonation.

Appliquant cette stratégie qui lui réussissait si bien, il attira tous les groupes de creepers hors du village. À la fin, il n'en resta plus aucun. Il tourna alors son attention vers les araignées et les squelettes, et constata que ceux-ci étaient incapables de forcer l'entrée des maisons dans lesquelles étaient réfugiés les habitants innocents. Seuls les Endermen représentaient encore une menace sérieuse, et encore ne paraissaient-ils pas disposés à s'engager dans la bataille.

Gameknight se rendit soudain compte qu'il avait gagné… *Victoire!*

Le moment était venu de se cacher. Il fonça vers une maison située en bordure du village et s'apprêtait à en ouvrir la porte lorsqu'il entendit des voix. Il s'agissait des villageois et non pas des monstres. Les villageois parlaient?

— *Les vandales!!!* criaient-ils.

Gameknight pivota sur ses talons et vit se matérialiser quatre joueurs. Des fils argentés partaient de leur nom d'utilisateur et s'élevaient vers le ciel. Un joueur eut la malchance d'apparaître au cœur d'un groupe d'araignées. Les monstres à huit pattes se jetèrent immédiatement sur lui, le détruisant en quelques secondes avant d'avaler tout ce qu'il possédait en plus de très nombreux points d'XP. Les trois autres utilisateurs se mirent alors à attaquer le village. Juste pour s'amuser. L'un d'entre eux cassa une porte pour laisser les monstres entrer dans une maison. Un autre pénétra dans une demeure pour massacrer lui-même ses habitants.

Que font-ils ? Ils ne se rendent pas compte qu'ils font du mal aux PNJ ?

— Eh, venez par ici ! appela l'un d'entre eux. J'ai trouvé un PNJ enfant ! On va lui taper dessus chacun notre tour !

Les deux autres utilisateurs convergèrent vers la voix, mais Gameknight réagit immédiatement et arriva devant la maison avant les joueurs.

— Qu'est-ce que vous faites ? cria-t-il. Laissez ces gens tranquilles !

— Hein ? Qu'est-ce que ça peut faire ? demanda un des utilisateurs. Ce ne sont que des PNJ, ajouta-t-il en assenant un coup de poing à l'enfant.

« Bang ! » Gameknight encaissa lui aussi le coup et entendit les cris apeurés de l'enfant, tandis que ses parents pleuraient dans un coin.

— Arrêtez ! hurla Gameknight.

« Bang ! »

— J'ai dit : arrêtez !

Gameknight donna un coup d'épée au vandale, puis un autre et encore un autre. Le personnage se retourna et essaya de se défendre, en vain. Gameknight était expert en PvP et frappa son adversaire à la tête jusqu'à ce qu'il se dissolve, abandonnant derrière lui ce qu'il possédait et ses XP.

— Eh ! appela une voix derrière lui.

Gameknight fit volte-face et attaqua l'autre utilisateur. Celui-ci était encore moins prêt que le premier à se défendre contre un adversaire aussi féroce et ne dura pas très longtemps. Le troisième joueur fit également long feu. Leurs possessions et XP flottaient au-dessus du sol aux pieds de Gameknight, qui ramassa son butin, ferma la porte et regarda par la fenêtre. Il avisa les squelettes au loin, entourés d'un cercle protecteur d'araignées dont les pattes poilues bougeaient dans tous les sens comme elles scrutaient le décor à la recherche de cibles inexistantes. Les Endermen fixaient sur lui un regard blanc incandescent, mais préféraient ne pas intervenir, heureusement.

Soudain, des flammes se mirent à danser dehors. Les squelettes s'embrasaient comme des bougies osseuses dans la lumière de l'aube ; ils sautillaient dans tous les sens. Trente secondes plus tard, ils étaient tous morts. N'ayant plus rien à protéger ni personne à massacrer, les araignées se dispersèrent, cherchant une façon d'assouvir leur soif de destruction et laissant les Endermen seuls autour du village.

Gameknight ouvrit la porte avec circonspection et sortit de la maison. Les Endermen encerclaient toujours le village, leurs silhouettes noires se découpant sur le paysage de plus en plus clair.

Une des créatures fit quelques pas en avant et riva ses yeux sur lui ; il émanait une telle colère de la créature que les particules violettes qui l'entouraient virèrent au rouge sang. Les autres Endermen se téléportèrent loin du village, leurs silhouettes sombres se volatilisant dans des nuages de fumée violette tandis que leur chef faisait face à Gameknight. Leur leader fit un pas en avant, leva un de ses longs bras noirs et le pointa vers Gameknight999. Alors une voix aiguë et menaçante résonna dans le village :

— Utilisateur-qui-n'en-est-pas-un, sache que cette histoire n'est pas terminée, lança l'Enderman d'un ton furieux et malfaisant. Tu as mis ton nez dans des affaires que tu ne comprends pas. Nous atteindrons la Source et, alors nous réglerons nos comptes. Le désespoir deviendra la règle, en particulier chez ceux qui te ressemblent. Prends garde ! Ne te mêle pas de ce qui ne te regarde pas !

Soudain, l'Enderman disparut pour réapparaître juste devant lui. Son corps n'était pas vraiment noir, mais couleur de sang séché, ce qui rendait la grande créature encore plus terrifiante. Gameknight voulut dégainer son épée, mais l'Enderman frappa si vite et si fort qu'il n'eut pas le temps de réagir. Le long bras s'abattit sur sa tête, lui assenant un coup qui résonna dans sa boîte crânienne, tandis qu'une douleur intense se propageait dans son corps tout entier. Allait-il mourir ? *Que se passe-il ?* eut-il le temps de penser avant de sombrer dans les ténèbres.

6

Le maire

Gameknight se réveilla lentement, l'esprit encore emmêlé dans l'écheveau de pensées confuses de ses rêves, la réalité ne lui apparaissant que par bribes. Il était étendu sur un matelas rouge confortable. Il avait mal à la tête. La douleur était un son de cloche qui tintait dans son crâne au rythme des battements de son cœur. *Cette bataille n'était-elle qu'un rêve ? un cauchemar ?* Il ouvrit lentement les paupières et découvrit un plafond en bois. Il tourna la tête et vit des murs en pierre, un coffre en bois dans un coin. Tout ce qui l'entourait était carré, pixélisé.

Ce n'était pas un rêve, mais la réalité... oh! non...

Gameknight se redressa, puis se leva et jeta un coup d'œil circulaire sur la pièce. En tournant la tête un peu trop vite, il fut pris de vertiges. Il était seul. Les murs de pierre étaient troués de plusieurs fenêtres en verre. *Quel est cet endroit?* Saisissant son épée, il se pencha avec précaution dans la pièce adjacente. Vide aussi. Où était-il? La porte d'entrée en bois était percée d'une petite fenêtre par laquelle se déversait un rai de lumière dorée. Gameknight se rapprocha de la porte et crut voir quelque chose par la fenêtre. Non, des gens. Les villageois. Oui, il se rappelait à présent. Il savait où il se trouvait.

Gameknight tourna la poignée de la porte et sortit l'épée à la main, prêt à en découdre si nécessaire. Il fit quelques pas et s'arrêta devant les villageois, dont les yeux clairs surplombés d'un monosourcil étaient rivés sur lui. Le village tout entier était là, les PNJ formant plusieurs groupes compacts. Leurs longs manteaux bigarrés, séparés en leur centre par une large bande noire, étaient un patchwork multicolore. Ils avaient tous l'air de loucher un peu, leurs pupilles étant légèrement tournées vers le long nez qui dominait leur visage. Dans un Minecraft normal, ils se ressemblaient tous mais, ici, la résolution était meilleure, et il voyait de subtiles différences. Certains avaient des cicatrices – sans doute laissées par des griffes de zombie ou d'araignée –, et leurs traits étaient variés. La longueur et la forme de leur nez, l'épaisseur et la couleur de leur sourcil étaient différentes et leur donnaient de la personnalité. Ce qu'il remarqua en premier, toutefois, ce fut leur air apeuré.

— Je ne sais pas ce qui s'est passé après que l'Enderman m'a fait perdre connaissance, mais je vous remercie de vous être occupés de moi, commença Gameknight.

Il avait mal à la tête, et le souvenir du monstre terrible le hantait toujours.

— J'avais vraiment besoin de repos…

Le silence.

— Je m'appelle Gameknight999, reprit-il, et je viens d'arriver dans votre monde. Je ne sais pas comment je me suis retrouvé ici. J'espérais que vous pourriez m'expliquer…

Le silence.

— Je sais que vous pouvez parler. J'ai entendu des cris, hier soir, quand les monstres ont attaqué.

Le silence, toujours, mais, à la mention des événements de la veille, les villageois s'agitèrent.

— Je ne suis pas un vandale, mais un ami. J'ai stoppé ceux qui sont apparus hier à la fin de la bataille et je recommencerai si c'est nécessaire. Quelqu'un veut-il me répondre ?

Un silence qui n'avait rien de paisible s'installa sur la place. Les PNJ échangeaient des regards nerveux. Un sentiment de peur et de tension émanait de ces gens ; ils craignaient les monstres, mais pas seulement. Ils le craignaient, lui. Alors, une petite fille sortit du rang et s'avança vers Gameknight. Les mains jointes sur la poitrine, le nez légèrement tordu vers la droite entre de grands yeux verts, l'enfant se planta devant lui et leva son visage juvénile et anguleux vers le sien. Son visage était meurtri, sa joue et sa mâchoire enflées, brun-bleu.

—Merci de m'avoir protégée, hier soir, commença-t-elle.

Elle vint tout contre lui et appuya la tête contre sa poitrine. Gameknight posa son épée et tapota la tête de la fillette, qui se colla tout contre lui. Ses longs cheveux étaient doux sous ses mains, comme du velours. Le matériau dont était fait son manteau, en revanche, était rugueux. Gameknight sourit et, soudain, les visages des villageois s'éclairèrent tandis qu'ils venaient tous à sa rencontre pour lui montrer leur gratitude. C'était une véritable fête – la première, sans doute, après une attaque de monstres. Les PNJ parlaient tous en même temps, racontant les exploits de Gameknight, louant sa bravoure. Ils lui étaient tous extrêmement reconnaissants. Enfin, presque tous.

Un villageois se tenait à l'écart des autres et fixait sur lui un regard noir.

— Qu'est-ce que vous avez tous à lui faire la fête ? s'étonna le personnage. C'est un vandale ; il a tué ma femme.

Sa voix dissonante mit un terme à la fête, et les villageois firent quelques pas en arrière sans lâcher Gameknight des yeux.

— On ne peut pas lui faire confiance. Il finira par nous détruire.

— Pourquoi donc, Digger ? demanda une autre voix. Hier soir, il nous a sauvés, non ? Un vandale n'aurait jamais fait ça.

— Vous vous égarez, monsieur le maire. Vous avez oublié qu'il a cassé les portes de nos maisons pour laisser entrer les zombies ? Ils ont pris Planter et sa femme, et les ont transformés en zombies. Vous avez oublié qu'il a arraché un bloc à ma maison pour permettre à un squelette de cribler mon épouse de flèches ? (Il s'interrompit un instant, submergé par l'émotion.) Ma femme…

Digger lança à Gameknight un regard assassin. Le blanc de ses yeux virait au rouge de colère.

—Je l'ai serrée dans mes bras pendant que ses PV déclinaient, que toute énergie la quittait. Elle était transpercée par cinq ou six flèches et souffrait énormément. Pire encore, elle avait peur de la mort, de quitter sa famille et son village. Elle m'a demandé de prendre soin de nos enfants.

Deux jeunes PNJ se rapprochèrent de Digger. Le garçon et la fille se collèrent contre leur père, les joues maculées de larmes.

—Je lui ai promis de bien m'occuper d'eux et de les aimer pour deux, et vous savez ce qu'elle a fait? Elle a souri, comme si mes mots avaient vaincu sa peur de mourir. Et puis elle a lentement disparu de ce monde, de ma vie. Pour toujours. On ne peut pas avoir confiance dans cet utilisateur. Il est pire que les monstres. Au moins, avec eux, on est fixés, on sait ce qu'on doit craindre. Avec les vandales, on ne sait pas à quoi s'attendre. Ils tuent pour s'amuser. Quand ils s'ennuient, ils détruisent. Ils sont une menace pour tous les mondes de Minecraft, pas uniquement pour le plan de ce serveur – pour tous les plans, et jusqu'à la Source.

—Celui-ci est différent, Digger, intervint le maire. Il a prouvé hier soir qu'il était notre ami, et nous ne le chasserons pas. Vous êtes le bienvenu ici, poursuivit le maire à l'attention de Gameknight. Nous vous aiderons si vous en avez besoin. Nous vous le devons bien.

—Jamais nous n'avons vu quelqu'un repousser les monstres de cette façon, lança un autre personnage au milieu de la foule.

—Absolument, enchérit un autre. Sans vous, les squelettes et les zombies nous auraient détruits, comme l'avait prédit la prophétie.

Soudain, un des villageois, stupéfait, pointa du doigt quelque chose au-dessus de la tête de Gameknight. Les autres suivirent son regard, et leurs mâchoires carrées se décrochèrent. Ils étaient choqués.

—Le fil… le fil…, marmonnaient-ils. La prophétie… la prophétie…

Gameknight leva les yeux, mais ne vit que le ciel bleu et les nuages blancs pixellisés qui avançaient lentement. Il se retourna ensuite vers les villageois et constata qu'ils étaient tous terrorisés.

—De quelle prophétie parlez-vous ? leur demanda-t-il.

Le silence se fit, les villageois regardant successivement Gameknight et le maire.

—Alors ? les encouragea l'utilisateur.

—La prophétie annonce une grande bataille qui rasera notre village, expliqua le maire en jetant des coups d'œil furtifs au-dessus de la tête de Gameknight.

—Et pas seulement notre village, ajouta quelqu'un.

—Le fil… le fil…, marmonnèrent des voix.

—En effet, poursuivit le maire d'une voix forte comparée à celle des autres. Pas juste notre village, tous les villages.

—Tous les villages ? s'étonna Gameknight. Pourquoi ? Comment est-ce possible ?

—Les monstres sont de plus en plus nombreux sur ce serveur. Et de plus en plus forts. Bientôt, ils nous submergeront et détruiront notre monde et tout ce qui y vit.

— Mais pourquoi ? insista Gameknight en regardant en vain au-dessus de sa tête.

Les villageois échangeaient des regards nerveux, se tournaient vers leur maire en chuchotant des mots que Gameknight ne comprenait pas.

— Qu'est-ce que vous racontez ? Que se passe-t-il vraiment ?

Après une longue attente, un des villageois prit la parole d'une voix puissante et claire.

— Crafter, dit-il. Il doit voir le Crafter.

— Quoi ?

— Crafter… Crafter… Crafter…, répétaient-ils tous.

— Oui, Tracker, je crois que tu as raison, acquiesça le maire en se rapprochant de Gameknight. Il faut que vous voyiez Crafter, affirma-t-il en vérifiant la position du soleil dans le ciel. Que chacun se mette au travail. La journée n'est pas terminée, et il nous reste beaucoup à faire avant la prochaine attaque. De mon côté, je vais conduire l'utilisateur qui ne ressemble pas aux autres utilisateurs à Crafter.

Les villageois se dispersèrent en marmonnant.

—C'est étrange, dit Gameknight. Hier soir, l'Enderman m'a dit quelque chose de similaire. Il m'a appelé «l'Utilisateur-qui-n'en-est-pas-un». Presque comme vous, à l'instant. Qu'est-ce que ça veut dire?

Soudain, tous les PNJ se figèrent et se tournèrent vers lui dans un silence absolu. Seul un meuglement ou un grognement animal occasionnel se faisaient entendre, tandis que les villageois impressionnés et apeurés le regardaient fixement.

—La prophétie... la prophétie... la prophétie..., scandaient-ils d'une voix à la fois respectueuse et terrorisée, les yeux rivés sur lui.

—Oui, reprit le maire d'un ton on ne peut plus sérieux, nous devons vous conduire à Crafter sans attendre. Suivez-moi.

Le maire s'éloigna et se dirigea vers le bâtiment qui ressemblait à un château; celui-ci était doté d'une tour qu'on retrouvait dans tous les villages, semblait-il. Gameknight lui emboîta le pas. Les voix des villageois résonnaient dans sa tête, des vagues de confusion et de peur déferlant dans son esprit.

7

CRAFTER

Le maire conduisit Gameknight à la tour anguleuse qui se dressait au cœur du village. Elle était constituée de pavés, percée de nombreuses fenêtres en verre sur les quatre faces, et dotée de remparts avec des créneaux. Une structure typique des paysages de Minecraft. Sur le côté, un bâtiment plus petit était accolé à la tour, la faisant ressembler à un L. Il accueillait les appartements de ceux qui entretenaient la bâtisse. Le maire s'avança jusqu'à la tour, en ouvrit la porte et s'engouffra à l'intérieur en faisant voleter son manteau violet. Gameknight finit par le suivre, mais le doute et la peur s'étaient emparés de son âme.

— Où allons-nous ? demanda-t-il.

— Voir Crafter, répondit le maire.

— Il est dans la tour ?

Le maire secoua la tête, referma la porte et le regarda fixement.

— Sortez votre pioche.

— Hein ?

— Votre pioche, répéta le personnage en désignant les mains vides de Gameknight.

Sans comprendre, celui-ci ouvrit son inventaire – il ne savait toujours pas comment il pouvait accomplir ce prodige – et en sortit une pioche en fer.

— Maintenant, creusez ici, ordonna le maire en montrant un bloc.

— Vous voulez que je creuse ?

— Oui, ici, acquiesça le chef des PNJ.

— D'accord...

Gameknight attaqua le bloc, jusqu'à ce que des fissures se forment à sa surface. Après quatre ou cinq coups, la pierre explosa. Toutefois, au lieu de se mettre à flotter au-dessus du sol, elle tomba dans les profondeurs d'un puits qui s'enfonçait dans les profondeurs du village. Une échelle était incrustée dans la paroi et des torches révélaient un conduit apparemment sans fond. Gameknight scruta les ténèbres, puis se tourna vers le maire.

—Alors ? fit ce dernier.

—Alors quoi ?

—Vous descendez ?

—Je descends où ? demanda Gameknight, qui n'y comprenait rien. Que fait ce tunnel ici ? J'ai saccagé… enfin, je veux dire, j'ai creusé dans… enfin, j'ai visité de nombreux villages, et c'est la première fois que je vois un puits sous un bâtiment.

—Vous voyez ce que vous êtes censé voir, répondit le maire, énigmatique. Vous êtes loin de comprendre tout Minecraft. Mais vous apprendrez. Crafter vous enseignera.

—Et il est en bas ?

Le maire hocha la tête.

—Il répondra à vos questions et vous révélera votre destin.

—Mon quoi?

Le PNJ montra l'échelle et hocha de nouveau la tête. Son visage anguleux trahissait sa crainte, mais aussi son excitation.

Gameknight déglutit et s'efforça d'oublier sa peur. Plus il y pensait, plus celle-ci devenait palpable et envahissait son système sanguin. Il s'avança avec précaution jusqu'au trou, agrippa l'échelle et entreprit de descendre avec circonspection, un barreau à la fois. Relevant la tête de temps en temps, il voyait le rond de lumière rapetisser régulièrement. Le maire assistait à sa descente. Soudain, l'ouverture se reboucha, et il se retrouva coincé à l'intérieur. Tout seul.

Gameknight poursuivit sa descente. Il prenait tout son temps, car il n'avait pas envie de tomber ou de se laisser surprendre par la fin de l'échelle. Le fond du puits étant invisible, une chute lui serait fatale. Au début, il compta les blocs pour savoir où il en était, mais il abandonna très vite – après trente blocs – et se mit à compter les torches. Celles-ci dispensaient des cercles de lumière qui tenaient tant bien que mal les ténèbres à distance ; toutefois, elles étaient disposées de telle façon qu'on se retrouvait toujours dans le noir avant d'atteindre la lumière de la torche suivante. Il continua, progressant d'une torche à l'autre, les mains et les pieds effectuant des mouvements réguliers, comme mus par une volonté propre, ce qui permettait à son esprit de vagabonder. *Où conduit ce tunnel ? Qui est Crafter ?* Il se posait tant de questions, il avait tellement besoin de réponses… Mais plus il s'enfonçait dans ce boyau, moins ses idées étaient claires, et plus sa peur était grande et menaçait de le submerger.

Enfin, il distingua l'extrémité de l'échelle. Le puits formait un angle droit, et le tunnel semblait continuer à l'horizontale. Gameknight accéléra sa descente et atteignit le fond en quelques minutes. Comme il n'était plus accroché à une paroi verticale, sa peur desserra un peu son étreinte. Les échelles le rendaient toujours un peu nerveux ; il craignait d'être attaqué et de ne pas pouvoir se défendre. Il préférait évidemment être au grand air et voir l'ennemi arriver de loin, le prenant alors pour cible avec son arc enchanté. Son arc... comme il regrettait de ne pas l'avoir avec lui. Mais à quoi bon se morfondre et nourrir des regrets inutiles? Son arc était perdu quelque part sur un autre serveur.

Lâchant un sourire, Gameknight se retourna pour contempler la tâche qui l'attendait: affronter ce long tunnel sombre. Relevant la tête, il avisa la chaîne de torches qui s'élevait jusqu'à la surface et l'échelle, dont l'extrémité était perdue dans les ténèbres.

—Heureusement que j'ai pensé à prendre des torches avec moi, dit-il à voix haute, ses mots se réverbérant sur les parois du tunnel.

Il regarda dans son inventaire et constata qu'il ne lui en restait que deux. Il avait planté les autres tout autour du village durant la bataille de la veille.

—Je vais devoir me contenter de ça, ajouta-t-il en espérant que le son de sa voix lui remonterait le moral et chasserait le sentiment de peur qui ne demandait qu'à grossir dans son esprit.

Gameknight plaça une torche sur le mur et examina le tunnel. Celui-ci avait été taillé dans la roche ; aucun bloc de pierre ou de terre n'était visible dans le cercle de lumière. Il avança tant qu'il le pouvait sans sortir de la zone éclairée et mit en place sa seconde torche, avant d'aller récupérer la première, laissant les ténèbres l'envelopper momentanément. Il pressa le pas, traversa une nouvelle fois le cercle de lumière et, lorsqu'il buta contre les ténèbres, planta son autre torche dans le mur, créant ainsi un nouveau cercle de lumière. Procédant de cette façon, il progressa laborieusement, mettant systématiquement en place une torche devant lui avant de retourner récupérer la seconde. Gameknight avait appris à ses dépens que le noir était un redoutable ennemi dans Minecraft, car il pouvait dissimuler des plaques ou des fils piégés, voire des monstres.

Il avançait lentement, mais il préférait prendre son temps plutôt que de mourir. Il avait complètement perdu la notion du temps, avançant de cercle en cercle, les ombres le survolant tels des fantômes, faisant des allers et retours constants tandis que ses doutes et sa peur ne cessaient de croître.

Qu'est-ce que je fais ici ? Que se passe-t-il ? Où ce tunnel va-t-il me conduire ? Les questions fusaient, érodant sa confiance et sa patience. *Peut-être devrais-je faire demi-tour et retourner au village…* Soudain, alors qu'il s'apprêtait à renoncer, il crut voir quelque chose loin devant lui. Une salle, peut-être, dont les torches déversaient un peu de lumière dans son tunnel. Cette source de lumière lui donna envie de presser le pas, mais il savait que la précipitation était synonyme de risque inconsidéré sous terre, aussi préféra-t-il s'en tenir à son plan : planter une torche, récupérer la précédente, recommencer… *Respecte la règle, sois prudent, reste en vie.*

Enfin, Gameknight atteignit le bout du tunnel sombre, et la lumière de la salle se déversa soudain dans le passage. Il rangea ses torches dans son inventaire, s'arma de son épée et s'avança avec circonspection, les muscles bandés, prêt à se battre. Il se pencha dans l'ouverture et fut étonné de découvrir une grande salle ceinte de nombreuses torches, dont les flammes dansantes baignaient le vaste espace dans une lumière chaude et dorée. Au centre de la pièce se tenait un PNJ – il avait un long nez bulbeux, comme les autres PNJ, mais ses bras pendaient librement le long de son corps. Il semblait âgé, avec de longs cheveux gris encadrant son visage carré, même si ses yeux bleus pleins de vie faisaient penser au ciel de Minecraft. Il était vêtu d'une longue blouse noire ornée d'un ruban gris qui courait de l'encolure à l'ourlet. Seuls ses pieds carrés étaient visibles en dessous. Il fredonnait une mélodie comme s'il se moquait totalement du monde qui l'entourait.

—Mmh… c'est intéressant, commença-t-il d'une voix éraillée.

—Quoi? Où suis-je?

—Sous terre. C'est évident, non? ajouta le personnage, sarcastique.

— Je sais que je suis sous terre, lâcha Gameknight, passablement énervé. Quel est cet endroit ? Qui êtes-vous ? Qu'est-ce que je fais ici ? Que se passe-t-il ?

— Doucement, doucement.

Le personnage scruta quelque chose au-dessus de sa tête, puis reprit :

— Gameknight999, c'est votre nom, n'est-ce pas ? Je répondrai à toutes vos questions en temps voulu.

— Vous connaissez mon nom ?

— Votre nom flotte au-dessus de votre tête, comme il flotte au-dessus de tous les utilisateurs. Il suffit de le lire.

Gameknight leva la tête, mais ne vit rien du tout.

— Tout le monde peut voir votre nom sauf vous, bien sûr, expliqua le personnage. Vous êtes bien ignorant. Vous connaissez la raison de votre présence ici ? ce qui vous différencie des autres utilisateurs ?

— Ce qui me différencie des autres ? répéta Gameknight, frustré. Dites-moi cc qui se passe !

Je suis venu dans ce village pour trouver des réponses et je n'ai obtenu que des questions. Qu'est-ce qui m'arrive ? Qu'est-ce que je fais ici ?

Puis il ajouta d'un ton faible, presque suppliant :

—Aidez-moi, s'il vous plaît.

Gameknight baissa la tête. Il avait presque perdu tout espoir.

—Soyez patient. Vous aurez bientôt toutes vos réponses, mais laissez-moi d'abord me présenter. Je suis Crafter, affirma-t-il avec fierté. Je suis l'être le plus vieux de ce monde.

—Crafter ?

—Oui, Crafter. Voyez-vous, nous, les PNJ, comme vous nous appelez, portons le nom de notre fonction. J'ai cru comprendre que vous aviez rencontré le maire, et que vous aviez un différent avec Digger.

Gameknight acquiesça. Il regrettait d'avoir causé ces malheurs, d'avoir provoqué la mort de l'épouse de Digger par pur égoïsme.

—Je vois que vous avez des remords, poursuivit le vieillard, mais ce serait une erreur que de regarder constamment vers le passé. Nous avons besoin de rester concentrés sur le présent. La situation est différente, désormais, et il nous reste beaucoup à faire avant la bataille finale.

—Pardon ?

Crafter le fit taire en levant la main et continua :

—Tout d'abord, laissez-moi vous expliquer en quoi vous êtes différent. Tous les utilisateurs ont un nom qui flotte au-dessus de leur tête. Minecraft a été programmé de cette façon, avec des utilisateurs reliés à leur serveur par des liens de communication. Nous autres, les PNJ, nous voyons ces liens, ces fils. Ils ressemblent à de longs rais de lumière argentée qui s'élèvent jusqu'au ciel. Vous les avez déjà vus, non ?

Gameknight hocha la tête en repensant aux vandales qui étaient apparus dans le village et aux longues lignes lumineuses qui les reliaient au ciel.

—Les utilisateurs ne peuvent pas voir ces lignes, contrairement à nous… et à vous. C'est très intéressant, mais moins que le fait que vous n'ayez pas de lien avec le serveur. Vous semblez complètement déconnecté, vous paraissez appartenir pleinement à ce monde, et pourtant votre nom flotte au-dessus de votre tête comme si vous étiez un utilisateur ordinaire.

—L'Utilisateur-qui-n'en-est-pas-un… C'est comme ça que m'a appelé l'Enderman, expliqua Gameknight.

—Ah! les Endermen. Ils sont très attentifs à la prophétie. Cela faisait longtemps qu'ils attendaient l'élu, qu'ils vous attendaient, et maintenant ils vous ont trouvé.

—La prophétie… Le maire en a parlé, tout à l'heure.

—Toutes les créatures de Minecraft connaissent la prophétie, du plus petit cochon aux nombreux villageois en passant par les Endermen. La prophétie est une partie intégrante du programme qui constitue ce monde et tous les mondes de Minecraft. Elle dit que l'apparition de l'Utilisateur-qui-n'en-est-pas-un précédera la bataille finale pour la Source et pour la vie.

Si l'Utilisateur-qui-n'en-est-pas-un échoue dans sa quête – et apparemment il s'agit de vous…

— C'est ce que j'ai cru comprendre…

— Ne m'interrompez pas, je vous prie. Si l'Utilisateur-qui-n'en-est-pas-un échoue dans sa quête, ce sera la fin de la vie sur tous ces mondes électroniques. Le Portail de lumière lâchera alors les monstres maléfiques et haineux dans le monde physique, où ils se vautreront dans la mort et la destruction jusqu'à ce que la dernière flamme de vie soit éteinte.

Crafter se tut, laissant ses paroles faire leur effet dans l'esprit de Gameknight. Le poids de la prophétie et de ses responsabilités recouvrit ce dernier comme une chape de plomb, l'écrasant lentement.

— Tout cela ne veut rien dire pour moi. Qu'est-ce que la Source ? demanda Gameknight.

— Laissez-moi vous expliquer. Les mondes de Minecraft sont organisés sur des serveurs, qui existent sur des plans électroniques. Ceux qui sont le plus souvent utilisés se trouvent près du sommet de la pyramide de plans, les autres, qui n'intéressent qu'une poignée de joueurs, étant relégués à sa base. La Source est à l'origine de la logique et des contrôles qui sous-tendent ces serveurs, et quand je dis « la Source », je parle du serveur se trouvant au sommet de la pyramide. Celui-ci contrôle tous les autres, il est à la base de leur logique, il partage les mises à jour des logiciels et répare les bugs… En somme, la Source garantit le bon fonctionnement des serveurs. Sans elle, ils finiraient tous par cesser de fonctionner, détruisant les formes de vie électroniques qu'ils abritent.

— Vous voulez dire les PNJ ?

— Oui, les PNJ, mais aussi les monstres, les animaux, les plantes, tout.

— Mais vous n'êtes qu'un programme, objecta Gameknight. Sauf votre respect, vous n'êtes pas en vie.

— Nous avons en effet commencé comme de simples programmes, mais Minecraft est devenu de plus en plus compliqué et sophistiqué au fil du temps, le programme d'exploitation développant des bizarreries et des particularités inconnues des programmeurs, et nous permettant de développer une conscience. Nous sommes bel et bien vivants, même si notre existence n'est qu'électronique.

— Les utilisateurs ne sont pas au courant ?

— Nous n'avons pas le droit de le leur dire, confirma Crafter en secouant la tête. Cela fait partie de notre programme.

— Mais quand ils viennent dans votre village pour tout saccager, pour tuer les villageois… (Gameknight se tut en repensant aux innombrables raids qu'il avait menés dans des villages dans l'unique dessein de s'amuser un peu. Il baissa la tête.) Je ne me doutais pas…, ajouta-t-il, solennel.

— Nous le savons.

— Pourquoi les monstres vous attaquent-ils ? Ils doivent savoir, eux, que vous êtes en vie.

— Bien sûr qu'ils le savent. C'est pour ça qu'ils nous attaquent. Venez, nous parlerons en marchant.

Crafter lui fit signe de le suivre et se dirigea vers l'extrémité opposée de la salle, où il ouvrit une porte en bois donnant accès à un tunnel éclairé large d'au moins quatre blocs et haut de six.

— Les monstres ont leur propre prophétie, voyez-vous... Ils sont persuadés de pouvoir se libérer de ce monde électronique pour entrer dans celui des utilisateurs.

— C'est complètement fou. Comment est-ce possible ?

— Nous ne le savons pas, mais il se peut que cela ait un rapport avec le Portail de lumière mentionné dans la prophétie. Tout ce que nous savons, c'est qu'ils sont persuadés que lorsque l'Utilisateur-qui-n'en-est-pas-un se montrera, le chemin vers le monde physique apparaîtra. Peut-être emprunteront-ils le même chemin que vous, mais en sens inverse.

Le numériseur de mon père, pensa Gameknight. Il imagina des zombies, squelettes, creepers et Endermen se matérialisant dans sa cave, massacrant d'abord sa famille, puis déferlant sur la ville, sur l'État... Cette idée le terrifia. Une image de sa petite sœur se retrouvant face à un zombie se forma devant ses yeux. Le monstre l'attaquait à coups de griffe… Un frisson lui parcourut le dos. Si ce cauchemar avait des chances de se réaliser, il devait à tout prix faire quelque chose pour protéger sa sœur, sa famille, tout le monde.

—Afin d'accéder au monde physique, expliqua le vieil homme, ils doivent détruire la Source.

—Comment peuvent-ils la détruire si elle se trouve au sommet de la pyramide de serveurs ? J'imagine que nous ne sommes pas dans le serveur qui distribue les mises à jour et les codes aux autres, que nous sommes loin de la Source.

Ils se retrouvèrent soudain devant une porte en fer. Il n'y avait aucun bouton, aucune plaque mobile en vue, juste la porte. Crafter cogna dessus avec ses bras carrés. Gameknight entendit des bruits de pas, de l'autre côté. De nombreuses personnes approchaient. Quelques instants plus tard, la porte en fer s'ouvrit lentement en grinçant. De l'autre côté, il y avait des PNJ, beaucoup de PNJ, peut-être une vingtaine. Tous étaient équipés d'une armure en fer et semblaient prêts à se battre, même si leurs mains étaient jointes sur leur poitrine. Crafter se positionna rapidement devant Gameknight et leva la main, stoppant les PNJ, puis les forçant à s'écarter pour les laisser passer.

Gameknight découvrit alors une salle immense dans laquelle des centaines de PNJ s'activaient sur des établis. Certains produisaient des planches, d'autres des wagonnets de mine, d'autres des rails… Tout ce que Gameknight pouvait imaginer était fabriqué dans cette immense caverne. Le vacarme était presque insupportable, comme si mille marteaux frappaient furieusement en même temps. Surpris par toute cette activité, il se boucha les oreilles, avant d'abaisser lentement ses mains et de regarder autour de lui, stupéfait. Un réseau complexe de rails sillonnait la salle, serpentait autour de grappes d'établis et de coffres de stockage, formant un écheveau complexe de passerelles et de ponts. Certaines voies étaient suspendues dans les airs, ne reposant sur rien. Le réseau avait manifestement été conçu de façon à desservir tous les artisans, à leur permettre de poser leur production dans des wagonnets sans avoir à quitter leur poste de travail.

Tout le monde travaillait, rangeait ce qu'il avait fabriqué dans un chariot, se remettait au travail... etc. Quand les wagonnets étaient pleins, on les poussait vers des tunnels sombres dont Gameknight se demandait bien où ils conduisaient. L'endroit grouillait littéralement, mais le chaos semblait bien organisé.

—Qu'est-ce que c'est? demanda-t-il, impressionné.

—Chaque chose en son temps, ne soyez pas trop pressé. Revenons plutôt à vos premières questions. Pourquoi les monstres nous attaquent et comment ils comptent atteindre la Source? À vrai dire, vous connaissez déjà la moitié de la réponse.

Crafter continua à longer la paroi de la caverne. Des marches constituées de pavés leur permettaient d'arpenter en toute sécurité le terrain en pente. Les guerriers qui leur avaient ouvert la porte ne les lâchaient pas d'une semelle, prêts à intervenir pour protéger Crafter. Ils n'étaient pas armés mais, en cas de nécessité, ils feraient rempart de leur corps pour permettre au PNJ de prendre la fuite.

— Quand quelque chose est tué, reprit Crafter, il libère des XP, n'est-ce pas ?

Gameknight hocha la tête.

— En accumulant suffisamment de XP, on peut passer au serveur suivant et ainsi se rapprocher de la Source. Les monstres le savent et nous attaquent pour nos XP. Leur programme les pousse à le faire. (Il s'arrêta et se tourna vers Gameknight.) Cette guerre dure depuis des siècles à l'échelle de ce serveur, les monstres attaquant la nuit, les PNJ se terrant dans leur foyer, terrifiés. Il en est ainsi depuis la création de Minecraft. Néanmoins, quelque chose a changé récemment. Les monstres sont de plus en plus féroces et nombreux. Je crois que les serveurs situés en dessous du nôtre ont tous été vaincus et que les monstres qu'ils abritaient affluent chez nous. Bientôt, ils seront trop nombreux. Quand ils nous auront tous massacrés, quand ils auront accumulé assez d'XP, ils passeront au serveur suivant. Du moins était-ce ce que je pensais jusque-là.

—Comment cela? demanda Gameknight, sans comprendre. Qu'est-ce qui a changé?

—Vous.

—Hein?

—L'Utilisateur-qui-n'en-est-pas-un est arrivé, et il va nous sauver.

—Pourquoi avez-vous besoin de moi? Pourquoi ne vous battez-vous pas?

—Nous n'avons pas été programmés pour nous battre. Vous avez vu nos mains? Jointes sur notre torse. Voilà comment nous avons été programmés. Nos bras sont inutiles.

—Mais je vois de nombreux PNJ autour de nous qui se servent de leurs bras, protesta Gameknight.

En effet, ils étaient nombreux à travailler dans cette salle souterraine, et ils semblaient tous très agiles de leurs mains.

—C'est vrai, mais leurs mains ne sont libres que quand ils travaillent, expliqua le vieil homme. Dès qu'ils arrêtent de produire, leurs mains se retrouvent nouées devant leur poitrine. C'est leur programme qui veut cela.

Gameknight jeta un coup d'œil circulaire sur la caverne et constata effectivement que les PNJ qui se tenaient devant leur établi sans travailler avaient tous les bras sur la poitrine.

— Un villageois ne peut se servir de ses mains que si je lui permets de travailler. Tel est mon rôle : rendre cela possible aux autres PNJ. Ils ne peuvent se servir de leurs mains que dans ces conditions. Vous comprenez pourquoi nous ne pouvons pas nous défendre lorsque nous sommes attaqués. Nous nous cachons en attendant impatiemment le soleil.

— Vous voulez que je me batte pour vous ? demanda Gameknight. Je ne peux pas tuer tous ces monstres, surtout s'il en arrive tout le temps de nouveaux.

— La bataille finale approche. L'Utilisateur-qui-n'en-est-pas-un doit nous guider, affirma Crafter suffisamment fort pour être entendu de tous les PNJ.

Subitement, tout le monde cessa de travailler et un silence absolu enveloppa la caverne. Gameknight vit les PNJ s'éloigner de leur établi et leurs mains se nouer aussitôt sur leur poitrine, disparaissant dans leurs manches.

— Mais je ne peux pas! se plaignit-il. Vos villageois doivent me haïr pour ce que j'ai fait dans le passé, comme ce Digger.

— L'Utilisateur-qui-n'en-est-pas-un doit nous guider! répéta Crafter encore plus fort.

— Mais comment? Je ne peux pas combattre tous ces monstres seul! insista Gameknight, frustré.

— L'Utilisateur-qui-n'en-est-pas-un doit nous guider! scanda de nouveau le vieil homme.

D'autres voix, s'élevèrent, reprenant son slogan.

Gameknight se tut et réfléchit à la situation. Comment pouvait-il aider ces gens? *C'est impossible.* Comme il réfléchissait, un PNJ se remit au travail, fabriquant un wagonnet à grands coups de marteau. Le vacarme produit par l'outil résonnait dans sa boîte crânienne, l'empêchant de formuler toute pensée cohérente. De plus en plus frustré et énervé, Gameknight s'arma de sa pioche et se dirigea à grands pas vers le PNJ. Brandissant l'outil très haut au-dessus de sa tête, il frappa de toutes ses forces, réduisant l'établi en morceaux. Le PNJ, stupéfait, eut un mouvement de recul, mais ne lâcha pas son marteau. L'ouvrier avait toujours ses mains. Il ne s'était pas éloigné de son établi – celui-ci avait été détruit pendant qu'il travaillait.

—Ses mains! cria Gameknight. Il a toujours ses mains, regardez!

Crafter s'approcha du PNJ et l'examina avec attention. Tous les regards se posèrent sur l'ouvrier et ses mains. Gameknight prit son épée et la lança au PNJ. Celui-ci lâcha son marteau et attrapa l'arme en vol, avant de la brandir au-dessus de sa tête, des étincelles plein les yeux.

Crafter se tourna vers Gameknight et hocha la tête. L'Utilisateur-qui-n'en-est-pas-un répondit à son geste en l'imitant.

—L'Utilisateur-qui-n'en-est-pas-un nous guidera! cria Crafter, et tout le monde dans la caverne applaudit.

8

SHAWNY

Les ouvriers retournèrent à leur établi, mais seulement après être venus un par un donner un petit coup d'épaule approbateur à Gameknight.

— Que fabriquent tous ces gens ? demanda Gameknight.

— Des rails pour les wagonnets, des poutres en bois pour étayer les tunnels, des coffres, des objets pour mettre dans les coffres, expliqua Crafter. Il vous est déjà arrivé de trouver des coffres qui contiennent parfois des objets, non ?

Gameknight hocha la tête.

—Eh bien, c'est une partie de notre travail – mettre des objets dans les coffres pour les utilisateurs –, mais nous équipons également les temples dans la jungle, ainsi que certains cachots souterrains. Toutefois, notre travail le plus important consiste à forcer le programme qui régit Minecraft à créer le monde avant l'arrivée des utilisateurs.

—Pardon ? Je ne comprends pas…

Crafter s'avança pour inspecter les rails qu'était en train de fabriquer un PNJ. Une fois terminés, ceux-ci furent jetés dans un chariot, que d'autres PNJ poussèrent dans un tunnel sombre. Crafter se tourna vers Gameknight.

—Vous avez déjà remarqué la vitesse à laquelle se forme le monde après votre apparition dans Minecraft ? Figurez-vous que cela ne se fait pas tout seul. Ce monde, c'est nous qui le fabriquons. Des millions de blocs de rails sont dispersés dans Minecraft, attendant dans des tunnels invisibles pour les utilisateurs. Des PNJ appelés les Riders utilisent ce réseau pour agrandir le monde, forçant le logiciel à créer de nouveaux paysages pour accueillir les utilisateurs. C'est notre rôle principal.

— Des voies souterraines ? Pourquoi ne les ai-je jamais vues ?

— Vous avez dû en croiser, mais uniquement des portions abandonnées. Celles-là deviennent visibles. Lorsque cela arrive, nous les isolons. Les utilisateurs les nomment « les mines abandonnées ». Il s'agit de cela, en effet – de voies posées puis abandonnées. Nous laissons toujours quelques coffres remplis d'objets à l'intérieur pour occuper les utilisateurs, mais les voies qui sont encore en service ne sont visibles que de nous.

Gameknight hocha la tête. Il avait vu nombre de ces boyaux, mais ne s'était jamais demandé pourquoi ils étaient là, ni pourquoi ils ne semblaient mener nulle part. À présent, il comprenait.

— Votre réseau dessert tout Minecraft, si je comprends bien ?

Crafter acquiesça, puis se dirigea vers un autre poste de travail, où un PNJ fabriquait des planches qu'il empilait dans un wagonnet déjà presque plein.

—En effet. Par ailleurs, nos voies relient entre eux tous les villages sur la surface de Minecraft. Nous sommes en communication constante avec eux. À l'heure qu'il est, ils sont au courant de notre combat et de votre présence ici. Je suis sûr que l'enthousiasme est grand dans tout Minecraft. J'espère simplement que les monstres ne sont pas au courant aussi, autrement, ils vont fondre sur nous pour essayer de vous détruire.

—Quand pensez-vous qu'ils attaqueront la prochaine fois ?

—À mon avis, ils ne viendront pas ce soir, répondit le vieillard en inspectant un chariot plein de coffres. En général, ils attaquent tous les deux jours. Ils vont attendre d'être rejoints par les monstres des plans inférieurs.

—Nous avons donc une journée pour nous préparer.

—Exactement. Que devrions-nous faire, à votre avis ?

— Pour commencer, il faut libérer les mains de tous les villageois. Sans mains, impossible de se battre. Ensuite, il nous faut une stratégie, et je connais justement l'utilisateur qui nous en fournira une, mais d'abord, les mains.

Gameknight monta sur une pile de cailloux et cria :

— QUE TOUT LE MONDE SE METTE AU TRAVAIL !

Puis il redescendit et passa d'établi en établi, les détruisant tous avec sa pioche, les réduisant à l'état d'esquilles de bois et libérant pour la première fois les mains des travailleurs. Émerveillés, ceux-ci fléchissaient leurs doigts courtauds et lançaient à Gameknight des regards pleins de gratitude.

— Crafter, envoyez des messagers dans les autres villages et faites passer l'information. Dites à tout le monde comment procéder. Après cela, nous aurons besoin de fabriquer des armes, surtout des arcs et des flèches. Et puis nous aurons besoin de beaucoup de pioches et de pelles. Commençons par produire davantage d'établis.

Crafter s'adressa aux PNJ les plus proches de lui, qui sautèrent aussitôt dans des chariots avant de filer dans des tunnels sombres et de se disperser dans toutes les directions. Comme les ouvriers s'activaient dans toute la caverne, pioches et épées commencèrent à s'accumuler.

—Crafter! cria Gameknight pour se faire entendre malgré le vacarme. Il faut que je remonte à la surface pour appeler de l'aide.

—De l'aide?

—Je vous raconterai tout ça en temps et en heure, mais préparons-nous d'abord pour la prochaine attaque, ou bien nous serons détruits.

Gameknight et Crafter retournèrent dans la salle où ils s'étaient rencontrés un peu plus tôt, d'où l'utilisateur emprunta en courant le long tunnel qui menait à l'échelle. Il remonta rapidement et émergea dans la tour, aussitôt suivi par Crafter. Quelqu'un devait les avoir entendus s'activer, en dessous, car le bloc qui scellait le puits avait été retiré pour les laisser passer. Le visage carré du maire se découpait sur la toile de fond lumineuse lorsque Gameknight atteignit le sommet de l'échelle.

— J'espère que vous avez vu Crafter…, commença le maire avant de voir le vieillard derrière Gameknight. Que se passe-t-il ? C'est la première fois que je vous vois à la surface. C'est très dangereux ! Vous devez redescendre tout de suite !

— Ne vous en faites pas, tout ira bien.

Deux ouvriers émergèrent également du puits, chacun portant un établi.

— Libérez-les, ordonna Gameknight. Tous les villageois devront être prêts.

— Prêts ? répéta le maire. Prêts à quoi ?

— À se battre, répondit Crafter, des étincelles dans les yeux.

— Bon, j'ai besoin de m'isoler un peu, dit Gameknight.

— Utilisez la pièce de derrière ; je la fermerai avec une porte, proposa Crafter.

— Excellent.

Gameknight entra dans la petite pièce attenante à la tour. Une porte en bois se matérialisa aussitôt dans son dos.

—J'espère que tu es là, dit Gameknight à voix haute. Et j'espère que je vais y arriver.

Fermant les yeux, il s'imagina assis devant son ordinateur, dans la cave, son clavier sans fil devant lui, sa souris à la main. Les paupières closes, il se concentra sur ses mains – non pas les mains carrées de son personnage dans Minecraft, mais ses véritables mains, dans le monde physique. Lentement, il les visualisa s'approchant du clavier, puis voletant au-dessus des touches, tapant un message.

« Shawny, téléporte-toi jusqu'à moi. »

Il attendit… Rien.

Il se concentra davantage, essayant de former des caractères en esprit, les imaginant qui volaient au-dessus de Minecraft en défilant sur un moniteur d'ordinateur.

« Shawny, téléporte-toi jusqu'à moi. »

Toujours rien.

Puisant au plus profond de lui-même, Gameknight transforma sa volonté et le tissu même de son âme en un puissant signal de pensée émettant dans toutes les directions à la fois. Il poussa avec toutes les fibres de son être, entamant même ses PV.

« SHAWNY, TP-TOI JUSQU'À MOI. »

Rien. Juste le silence. Un silence assourdissant. Et puis…

« OK. »

Une onde de lumière scintillante se forma devant ses yeux et, soudain, son ami fut là, devant lui, des caractères flottant au-dessus de sa tête, un long fil argenté le reliant au ciel en traversant le plafond et le toit de la bâtisse.

— Salut, Gameknight. Je te cherchais, justement.

Il portait son skin préféré, celui qui ressemblait à un ninja vêtu de noir, avec des bandes rouges sur le bras et un masque noir sur le visage. Un motif rouge sang ornait sa poitrine, un peu comme s'il venait de se battre et que le sang de ses ennemis l'avait éclaboussé.

Gameknight laissa échapper un long soupir de soulagement.

— Qu'est-ce qu'il y a ? s'étonna Shawny.

— Merci d'être venu, dit Gameknight en posant sa main pixellisée sur l'épaule de son ami. J'ai un souci, Shawny.

— Je sais. Les gens sont vraiment en colère à cause de la façon dont tu as trollé ce PvP. Certains veulent te bannir de leur serveur.

— Ce n'est pas du tout le problème. Nous sommes tous en danger. Minecraft tout entier est en danger.

— Qu'est-ce que tu racontes ?

— Tu te souviens de la dernière invention de mon père ?

— Tu parles de ce numéri… enfin, ce machin ?

— Oui, le numériseur, acquiesça Gameknight. La machine de mon père m'a numérisé, et je me suis retrouvé dans Minecraft. Je veux dire, je ne suis pas seulement connecté, je suis dans le jeu, pour de vrai.

— Hein ?

— Shawny, je ressens vraiment les coups, j'entends les animaux crier quand on les tue, je sens les plantes, les matières, les gens quand je les touche. Je vis dans le jeu.

— C'est impossible, objecta Shawny. Tu ne peux pas être dans le jeu.

— C'est ce que je pensais aussi, sauf que j'ai vraiment mal quand on me frappe, que les XP me font vraiment du bien quand je les ramasse, que les rayons du soleil me réchauffent... Tout est vrai, surtout la trouille quand je dois affronter les monstres.

— Eh bien, déconnecte-toi, laisse-toi tuer pour pouvoir réapparaître, ou bien fais-toi éjecter de ce serveur.

— Cela ne marche pas comme ça, affirma Gameknight en s'approchant d'une fenêtre.

Dehors, les villageois défilaient devant un établi pour se faire libérer les mains par un ouvrier venu de l'atelier souterrain.

— Je ne sais pas ce qui arrivera si je me fais tuer, reprit-il. Peut-être que je réapparaîtrai, peut-être que je disparaîtrai de ce serveur. Peut-être que je mourrai pour de vrai. Je ne sais pas et j'avoue que j'ai peur.

—Je peux aller chez toi pour éteindre ton ordinateur, proposa Shawny d'une voix incertaine.

—Nous n'avons plus de temps. Le numériseur est toujours sous tension. Si les monstres submergent ce serveur et atteignent le plan suivant, puis le suivant… S'ils arrivent jusqu'à la Source et la détruisent, ils entreront dans notre monde, dans le monde physique.

—Quoi?

Gameknight répéta ce que Crafter lui avait dit à propos des différents serveurs, de la Source et du danger que courait leur monde. Mais son ami ne semblait pas totalement convaincu.

—Suis-moi, je vais te le prouver.

Gameknight ouvrit la porte à la volée et précéda son ami jusqu'au centre du village. À la vue de Shawny, un sentiment de panique s'empara des villageois, qui se dispersèrent dans tous les sens et coururent se réfugier chez eux. Seuls Crafter et le maire restèrent.

— Voici le maire, commença Gameknight. Il dirige le village et est responsable de la sécurité de ses habitants. Monsieur le maire, je vois présente Shawny, mon ami. Le seul, d'ailleurs. Dites-lui bonjour.

Le maire resta muet, sans bouger, les mains sur la poitrine, ses yeux clairs scintillant dans le soleil.

— Et voici Crafter. Il vit sous terre, d'où il coordonne le travail des villageois. Ils fabriquent des objets pour…

— Les villageois ne fabriquent rien, le coupa Shawny. Tout le monde sait ça.

— Tu ne les vois pas travailler, mais je t'assure qu'ils sont actifs. Crafter, monsieur le maire, dites quelque chose, n'importe quoi…

Les deux PNJ gardèrent le silence, leur sourcil unique formant comme une vague au-dessus de leur regard inquiet.

— MAIS DITES QUELQUE CHOSE! cria Gameknight. Shawny, ici présent, est notre seul espoir. C'est un maître stratège et bâtisseur. Il peut nous aider à fortifier votre village – non, tous les villages! Il peut empêcher le massacre qui se prépare.

S'adressant au maire, il poursuivit:

— Si vous voulez vraiment protéger votre village, vous devez parler à Shawny, ou alors tout est perdu.

Le silence.

— C'est votre dernière chance! gronda-t-il. Si vous ne lui parlez pas, je ne pourrai pas vous aider. Je serai obligé de vous laisser, de partir et d'essayer de trouver un moyen de rentrer chez moi.

Les villageois commençaient à sortir de leurs maisons pour écouter. Le nouvel utilisateur leur faisait déjà moins peur, semblait-il.

— Alors? insista Gameknight. Vous ne me laissez pas le choix. Viens, Shawny, on s'en va.

— C'est interdit! lança une jeune voix au milieu de la foule.

— Qu'est-ce c'était? demanda Shawny.

— C'est interdit. Nous n'avons pas le droit de parler aux utilisateurs, expliqua une petite fille cachée derrière les jambes de son père.

— Elle a parlé? s'étonna Shawny.

— Silence, ma fille! la gronda son père. C'est à Crafter et au maire de s'occuper de cette affaire, pas à une fille de fermier.

— Mais, père, si l'Utilisateur-qui-n'en-est-pas-un nous laisse, nous allons mourir.

Un murmure enfla dans la foule, qui se rapprocha encore, inquiète.

— Alors? demanda Gameknight à son ami.

— Les règles sont faites pour être changées, dit Crafter au maire, tandis que ses longs cheveux gris flottaient dans la brise.

Le maire hocha la tête.

— Gameknight999 est très expérimenté en matière de contournement de règles, pas vrai? taquina Shawny dans un sourire.

— Eh bien…

— Tout ce que votre ami vous a dit est vrai, commença le maire d'un ton solennel. Nous ne sommes pas censés parler aux utilisateurs, mais nous vivons des temps particuliers, et nous craignons que les ténèbres nous avalent pour toujours si vous ne nous venez pas en aide. S'il vous plaît...

Shawny réfléchit à tout ce qu'il venait d'entendre. *Ce n'est qu'un jeu. Ça ne peut pas être vrai.*

—Je sais ce que tu penses, dit Gameknight. J'étais comme toi, mais ce n'est pas un jeu pour eux, c'est leur vie. Ils croient en leur existence, ils ont des espoirs et des rêves. Ils pleurent quand ils perdent un proche. (Gameknight aperçut Digger dans la foule et détourna aussitôt les yeux.) Ils ont peur, ils ont mal, exactement comme nous. Leur monde est constitué de bits, de signaux électroniques traversant des circuits et des puces, mais il n'en est pas moins réel, et nous devons les aider. Si nous ne le faisons pas, notre monde sera le prochain sur la liste. Nous devons nous dresser contre l'ennemi et mettre un terme à cette guerre. Alors, tu es avec nous?

Shawny regarda successivement son ami et la foule de villageois. Il lisait la peur sur leur visage, il voyait des pères et des mères entourant leurs enfants de leurs bras protecteurs. Sans doute pour la première fois. Il se tourna ensuite vers Crafter, dont le visage aux rides profondes était un masque de sagesse, puis il considéra la petite fille qui avait la première pris la parole. Elle fixait sur lui des yeux clairs et courageux. Comment pourrait-il refuser ?

— Je suis avec vous, finit-il par répondre d'une voix forte, provoquant un tonnerre d'applaudissements.

— Bon, voilà ce qu'il faut faire, poursuivit-il à l'attention de Gameknight, Crafter et du maire.

Et il leur fit part de son plan.

9

Préparatifs

Shawny travailla vite, élaborant le plan de leurs défenses – pas seulement une muraille et des douves autour du village, mais aussi des pièges, des surplombs d'où les archers pourraient prendre les monstres pour cibles, des entonnoirs où un ou deux guerriers pourraient contenir une foule d'adversaires. La stratégie était la spécialité de Shawny. Il était connu pour ses forteresses imprenables. Dès qu'il en avait terminé une, il l'abandonnait pour aller en bâtir une autre, encore plus grande, sur un autre serveur. Ils s'activèrent donc toute la journée et une partie de la nuit.

Grâce à leurs mains nouvellement libérées, les villageois travaillaient avec ténacité. Même les enfants participaient, chacun étant conscient de la difficulté de leur situation, voire de son caractère critique. Pour eux, ce serait la survie ou la destruction.

Bizarrement, très peu de monstres se manifestèrent la première nuit, confirmant les prédictions de Crafter. Seuls quelques zombies sortirent des ténèbres, ne posant pas beaucoup de problèmes à Gameknight, qui montait la garde autour du périmètre pour protéger ses ouvriers, son village. Il était l'Utilisateur-qui-n'en-est-pas-un, et il se sentait responsable. De ce village, de cette bataille, mais pas seulement. Il avait fait beaucoup de mal dans le passé, il avait fait souffrir toutes ces personnes électroniques. Heureusement, il lui était donné l'occasion de se racheter un peu.

Ils passèrent la nuit à ériger des murs de terre et des tours pour les archers, à creuser des tranchées et à les remplir d'eau, à mettre en place de façon stratégique des palissades en bois. Puis ils creusèrent des tunnels sous le village, reliant les maisons dans le cas où les zombies parviendraient à détruire des portes. Les ordres de Shawny furent suivis à la lettre, même si, parfois, les PNJ ne voyaient pas l'utilité de creuser des tunnels attenants à des trous…

—Ce sont des pièges, leur expliqua Shawny. Vous comprendrez en temps voulu.

Comme ils préparaient leurs défenses, Crafter envoya des messagers dans le réseau de tunnels avec pour mission de transmettre les conseils de Shawny aux autres villages, car tout Minecraft était menacé. Pour Shawny, il était extrêmement important de ne plus déplorer de victimes afin de sevrer les monstres de XP, de les affamer.

—Mais pourquoi? s'étonna le maire. Ils n'en seront que plus violents, plus agressifs.

—En effet, acquiesça Shawny en dirigeant la construction d'un mur qui, par endroits, n'avait qu'un bloc d'épaisseur. Un adversaire affamé est plus facile à manipuler, à entraîner dans une situation avantageuse pour vous et mortelle pour lui. Ce qu'il faut, c'est attirer tous les monstres de ce serveur dans un seul et même piège et, la seule façon d'y arriver, c'est de les sevrer de XP pour les mener par le bout du nez. Alors le piège se refermera et nous nous débarrasserons d'eux d'un seul coup. Mais, pour commencer, il faut survivre à cette nuit…

Durant la journée, le village changea lentement d'apparence, passant d'un groupe épars de maisonnettes entourées de champs à une communauté encerclée de tours et de murs – dont certains destinés à repousser l'ennemi et d'autres à le retenir. Gameknight se tenait au sommet d'une nouvelle tour, dont la spire de pierre s'élevait à au moins quarante blocs de hauteur, lui offrant une vue parfaite sur le paysage. Il distinguait d'ailleurs du mouvement en bordure de la forêt. Quelque chose bougeait dans l'ombre. Un Enderman, apparemment, même si celui-ci semblait différent, rouge très foncé, couleur de sang au coucher du soleil, couleur de cauchemar. Soudain, la créature se téléporta, apparaissant à découvert, au milieu d'un nuage de particules violettes.

Dévalant l'échelle à la hâte, Gameknight se précipita vers la porte ouverte du village, prêt à affronter cette nouvelle menace. Contournant pièges et obstacles, il dépassa les défenses du village et s'arrêta lui aussi à découvert pour montrer à l'Enderman qu'il était bien là. Celui-ci ne réagit pas, se contentant d'observer. Soudain, il se téléporta, puis recommença à plusieurs reprises, examinant le village sous tous les angles.

Une nouvelle présence se manifesta à côté de Gameknight, qui sursauta et dégaina son épée dans un mouvement fluide, prêt à affronter une nouvelle menace.

— Rangez votre épée, Gameknight, ce n'est que moi, lança une vieille voix éraillée.

Il s'agissait de Crafter.

— Vous m'avez fait peur.

Gameknight rengaina son épée de fer. Il se détourna de Crafter et regarda l'Enderman.

— Qui est-ce? demanda-t-il.

— Lui? C'est le leader des Endermen. Il se fait appeler Erebus.

— Que fait-il ?

Erebus disparut dans un nuage d'étincelles violettes et réapparut de l'autre côté du village. Puis il recommença.

— Il nous espionne, expliqua Crafter en faisant en sorte de ne pas croiser le regard de la créature, de crainte de la provoquer.

Shawny se joignit à eux.

— Regarde, Shawny, l'Enderman observe nos fortifications, lança Gameknight. Comment avez-vous dit qu'il s'appelait ?

— Erebus.

— Oui, Erebus. Il va voir où les murs sont plus fins, où le village sera moins bien défendu. Nous avons besoin de renforcer ces défenses à certains endroits.

— Ne t'en fais pas, Gameknight, le rassura Shawny. Nous voulons justement qu'il voie tout ça.

— Je ne comprends pas.

— Moi non plus, intervint Crafter. Ne faut-il pas renforcer toutes nos défenses ?

— Nous attendons un raz-de-marée, mes amis, dit Shawny avec une confiance inexplicable. On ne peut pas espérer stopper cette masse en restant rigides. Au contraire, il faut l'épouser et la guider là où nous voulons. Tout se passe exactement comme prévu. Nous sommes prêts.

— Et les autres villages ? demanda Gameknight.

— Nous avons reçu de nombreux messages, répondit Crafter. Les autres villages sont aussi bien préparés que nous. Cette nuit, nous connaîtrons notre plus grande victoire, ou bien ce sera la fin de ce serveur et de toutes les créatures qu'il abrite.

Gameknight posa une main rassurante sur l'épaule du vieux PNJ.

— Tout se passera bien, Crafter, murmura-t-il, faussement confiant. Quelle que soit l'issue, nous livrerons un combat légendaire.

— Et c'est pour très, très bientôt, acquiesça Shawny en montrant le soleil.

Le soleil carré frôlait déjà la ligne d'horizon, le paysage virant au rouge foncé, tandis que les nuages pixellisés s'embrasaient avant de disparaître dans un ciel sombre qui s'emplissait rapidement d'étoiles.

— Vite, retournons derrière les remparts, ajouta Shawny.

Ils se précipitèrent tous les trois vers le village, traversant le pont en bois qui enjambait les douves dont le village était ceint. Celles-ci étaient encore sèches, mais Shawny retira le bloc de terre qui retenait l'eau, finissant d'isoler le village. Ils passèrent la porte en fer et se retrouvèrent face à une marée de visages apeurés. Le ciel s'assombrit et se couvrit d'étoiles scintillantes, tandis que les défenseurs prenaient position.

— Ils arrivent! cria quelqu'un depuis une des plus hautes tours.

Gameknight monta sur la muraille de terre. Effectivement, des silhouettes sombres se mouvaient entre les arbres – sombres et furieuses. Les torches disposées en bordure de la forêt lui permirent de voir les monstres pénétrer dans le périmètre lumineux. Au début, ils n'étaient que quelques-uns, et puis leur nombre grossit, et c'est une véritable vague monstrueuse qui déferla sur le paysage.

— Rappelez-vous, ne tirez pas sur les Endermen, cria Gameknight aux défenseurs.

Si nous ne les provoquons pas, ils n'interviendront pas, alors, archers, faites très attention.

Il jeta un regard circulaire sur le village. Les PNJ le considéraient déjà comme un genre de héros. *Quelle plaisanterie… Gameknight999, un héros…* Il était tout sauf un héros. Il n'était qu'un joueur, et il n'avait toujours pensé qu'à lui et à personne d'autre. Et son seul ami était Shawny. La responsabilité qu'on lui avait imposée pesait des millions de tonnes sur ses épaules. Toutes ces vies dépendaient de lui. *C'est complètement fou.*

Fou ou non, vrai ou pas, il était bel et bien là et, pour la première fois, il avait l'occasion d'aider quelqu'un – ces PNJ, non ces gens. Il se battrait pour les sauver et mourrait pour eux en cas de besoin. Un frisson lui parcourut la colonne vertébrale. Il eut la chair de poule. Il était prêt.

—Tenez-vous prêts et n'ayez pas peur! cria-t-il aux villageois. C'est votre village, votre serveur. Nous ne laisserons pas ces monstres nous le prendre. (Il brandit son épée de fer et se tourna vers les monstres.) Vous voulez danser?

10

UNE SURPRISE POUR LES MONSTRES

Au lieu de déferler de façon désordonnée sur le village, les monstres attaquèrent en vagues successives. D'abord les creepers, leurs quatre petits pieds vert et noir bougeant trop vite pour qu'on les voie. Ils se dispersèrent dans la plaine, leurs yeux noirs et haineux rivés sur les défenseurs positionnés sur les murailles, arc à la main. Certains décochèrent leur flèche alors que les creepers étaient bien trop loin.

— Laissez-les se rapprocher avant de tirer, leur ordonna Shawny. Attendez qu'ils soient dans les douves.

La vague de creepers fonça droit devant elle, piétinant la plaine herbeuse. Puis elle se retrouva face aux douves. Dès que le premier monstre fut dans l'eau, les archers ouvrirent le feu. Une véritable pluie de flèches à la pointe de fer s'abattit, furieuses et mortelles, sur les créatures. Les bêtes vertes se mirent à clignoter, virant au rouge. Certaines moururent dans cette tombe liquide, tandis que d'autres explosaient de frustration. Des détonations retentissaient tout autour du village, comme les explosions entraînaient des réactions en chaîne. Celles-ci causèrent de sérieux dégâts aux douves soigneusement construites, mais pas aux murs. Les villageois décochaient flèche après flèche, transperçant les bêtes vertes qui ne cessaient d'affluer et attaquaient des points spécifiques de la muraille. Davantage d'explosions rognèrent les douves, qui, de système de défense soigneusement conçu furent rapidement réduites à l'état de balafre tracée dans le paysage. Les défenseurs, en revanche, étaient toujours protégés. Tout autour du village, les creepers continuaient à exploser sans blesser personne. Enfin, les monstres cessèrent d'avancer et restèrent hors de portée des flèches. Alors les zombies et les araignées se mirent en branle, aussitôt suivis par les squelettes.

—Les portes, tenez-vous prêts, cria Shawny. Préparez la redstone.

Un des villageois disparut dans une structure toute proche, un bâtiment de pierre érigé le dernier jour, dont les murs épais et les fenêtres munies de barreaux étaient conçus pour résister aux zombies et aux creepers. À l'intérieur se trouvaient plusieurs boutons reliés à un circuit de redstone commandant les défenses du village.

Les araignées et les zombies avancèrent, mais s'arrêtèrent avant d'être à portée de flèches. Craignant d'être réduits en pièces par les archers, ils attendirent.

—Qu'est-ce qu'ils attendent? demanda un villageois.

—Cessez le feu! ordonna Shawny.

Soudain quatre Endermen se matérialisèrent devant les douves, des blocs de terre dans les mains, une brume violette flottant autour d'eux. Ils placèrent les blocs tachetés de brun dans l'eau, emplissant les douves de terre. D'autres Endermen prirent le relais des premiers afin de finir de fendre le canal en deux, de former un passage solide, un pont vers le village. Alors les araignées et les zombies foncèrent vers les portes de fer, leurs gémissements désespérés et les cliquetis de leurs pattes emplissant l'atmosphère. Comme la vague de haine atteignait la muraille, les squelettes se mirent en position et décochèrent leurs flèches de derrière les douves, visant les archers alignés au sommet des fortifications. Des poings aux griffes vertes martelèrent les portes en fer qui protégeaient le village, les faisant résonner comme des tambours ou un orage lointain. Soudain, d'autres Endermen apparurent, agrippant de leurs longs bras les blocs de terre stratégiquement disposés près des portes en fer. Puis les démons noirs se saisirent des cubes auxquels les portes étaient fixées, avant de se téléporter au loin et d'emporter ces éléments d'architecture à l'importance critique. Sans ces blocs, les portes tombèrent aux pieds de la foule monstrueuse. Le village était désormais ouvert.

—Ils ont transpercé nos défenses! cria Gameknight. Dégainez vos épées et attaquez!

—Non! intervint Shawny. Tenez vos positions et laissez-les entrer!

—Quoi? s'étonna Gameknight, qui n'y comprenait plus rien.

—Regarde et prends-en de la graine, lui répondit fièrement son ami en faisant signe aux villageois dans la salle de contrôle.

Les monstres déferlèrent dans le village fortifié. Aussitôt, le commutateur en redstone fut déclenché. Des pistons enfouis dans les profondeurs du sol se mirent en branle, ouvrant un canal large de deux blocs juste devant les assaillants. Les monstres qui chargeaient basculèrent dans le profond fossé. Sous terre, depuis un tunnel qui courait le long du gouffre, les villageois pouvaient frapper les jambes de leurs assaillants, assener coup après coup sans que les monstres, en dehors des araignées, puissent réagir. Les villageois massacrèrent rapidement leurs ennemis impuissants.

Gameknight sauta dans le fossé et se mit à courir en frappant les zombies et les squelettes à grands coups d'épée, sa lame rapide comme l'éclair ouvrant une piste de destruction dans la foule. Il recevait des coups et les sentait, mais son armure tenait bon. Comme il l'avait appris dans Wing Commander, il courait de cible en cible, ne cessant pas de frapper et ne restant jamais longtemps au même endroit, comme il l'avait enseigné aux villageois, qui se joignaient désormais à lui.

Les défenseurs se mêlaient aux assaillants, leurs silhouettes vêtues d'armures courant de zombie en zombie, transperçant les araignées poilues et les squelettes blanc pâle. Au milieu du chaos, il vit des zombies en armure s'attaquer aux défenseurs, leurs lames en or faisant des vrais ravages. Gameknight les attaqua par-derrière et réduisit les armures dorées en poussière avant de détruire les créatures, dont les épées tombèrent au sol. Les villageois tout proches s'en emparèrent et les retournèrent contre leurs assaillants, dessinant des arcs de mort dans les rangs adverses. La bataille était terrible, trois ou quatre monstres tombant pour chaque villageois. Les PNJ se battaient avec hargne et tentaient de repousser les créatures hors du village, sachant que leurs enfants se terraient chez eux, terrifiés. Gameknight entendait les cris des mourants, la peur des PNJ qui résonnait dans son âme, mais il se devait de rester concentré. Davantage de monstres affluaient et se dispersaient dans le village tout entier.

—Deuxième redstone, maintenant! cria Shawny.

On enclencha un autre commutateur dans la salle de contrôle. Soudain, des murs jaillirent du sol, séparant les assaillants en trois groupes, les empêchant de s'éparpiller dans le village.

—Archers, maintenant!

Des villageois apparurent au sommet des tours hautes de cinq ou six blocs disséminées dans tout le village et décochèrent leurs flèches mortelles sur les monstres, leurs bras courtauds travaillant avec une régularité mécanique. Les créatures étaient tellement proches les unes des autres que les archers n'avaient même pas besoin de viser; ils n'avaient qu'à tirer dans le tas. Mais alors une vague de squelettes entra dans le village et prit les archers pour cibles. Comme ceux-ci devaient se baisser pour se protéger, ils ne pouvaient plus décocher autant de flèches. Gameknight vit le rapport de force changer, les squelettes étant bien meilleurs archers que les villageois. Il se jeta dans la bataille et se concentra sur les créatures osseuses.

— Infanterie, visez les squelettes ! cria Gameknight en se jetant dans la mêlée.

Une fois de plus, il se transforma en machine à tuer, son épée décrivant de grands arcs dans les airs, touchant plusieurs cibles à chaque coup. Il harcelait les squelettes sans se soucier des flèches qui se fichaient dans son armure et lui donnaient des allures de porc-épic. Des villageois se joignirent à lui et se précipitèrent sur les squelettes. Les cris horribles des blessés – villageois et monstres – emplissaient les oreilles de Gameknight, qui continua néanmoins de se battre, animé par un désir de destruction. Soudain, il vit approcher un énorme groupe de creepers, suivis par de grands slimes verts qui rebondissaient en direction de l'entrée du village.

— Shawny, les creepers! cria Gameknight en désignant les créatures.

— Je les vois. Tenez-vous prêts avec le troisième commutateur. Repliez-vous derrière la muraille intérieure. Repliez-vous!

Gameknight se tailla une retraite et en profita pour massacrer quelques ennemis en cours de route. Jetant un coup d'œil circulaire sur le champ de bataille, il vit les villageois se battre au corps à corps contre les zombies étonnés. Les monstres n'étaient pas habitués à voir les villageois se défendre.

— Venez tous, repliez-vous! cria Gameknight en aidant un combattant à se relever et en tuant un zombie puis une araignée pour couvrir leurs arrières.

Les PNJ affluèrent vers le cœur du village, s'abritant derrière un autre mur de pierre, s'engouffrant dans des ouvertures hautes de deux blocs seulement qui furent rebouchées aussitôt. Gameknight gravit quelques marches et se retrouva au sommet de la structure, d'où il voyait la masse des creepers arriver. Ceux-ci n'avaient pas remarqué que le sol était constitué de cailloux gris plutôt que de terre brune ordinaire ; ils fonçaient droit devant eux, assoiffés de destruction.

—Attendez ! hurla Shawny.

Les monstres ralentirent et se rapprochèrent doucement de la muraille avec circonspection, comme si les Endermen leur envoyaient des ordres d'une manière mystérieuse. Erebus apparut soudain sur le mur extérieur, d'où il considéra ses troupes d'un regard satisfait. En effet, celles-ci semblaient sur le point de submerger les dernières fortifications ; les creepers les feraient sauter en explosant, tandis que les squelettes et les zombies finiraient le travail. L'Enderman rouge sombre riva son regard sur Gameknight et pointa sur lui un doigt accusateur.

—Tu t'es mêlé d'une histoire qui ne te regardait pas, Utilisateur-qui-n'en-est-pas-un, lança-t-il d'une voix haut perchée et agressive. À présent, tu vas assister à ton échec…

Sans laisser à Erebus le temps de donner l'ordre à ses troupes de donner l'assaut final, Shawny hurla :

—Redstone trois, maintenant !

En un instant, des pistons de redstone se mirent en branle en sous-sol, escamotant les blocs sous le tapis de cailloux, laissant à la gravité faire le reste du travail. Les cailloux tombèrent dans une énorme caverne creusée sous le village et au fond de laquelle il y avait de l'eau sur une hauteur de quatre blocs. Ne sachant pas nager, les monstres coulèrent rapidement. Privés d'oxygène, ils clignotèrent d'une lumière rouge. Certains parvinrent à remonter à la surface pour avaler une bouffée d'air, avant de sombrer pour toujours. Les creepers moururent les premiers. Les monstres périrent tous, n'ayant pas été programmés pour nager. Au bout de quelques minutes, il n'en restait plus que quelques-uns, des grappes de créatures collées contre les parois.

Des zombies et des araignées essayèrent de fuir le village, mais des pistons se soulevèrent devant la porte, les emprisonnant et les transformant en cibles faciles pour les guerriers du village. Coincés entre deux rangées d'archers, les monstres hurlèrent de rage tandis que des nuées de projectiles leur pleuvaient dessus. Les tirs croisés de flèches en fer les décimèrent en quelques minutes.

Les monstres étaient défaits.

Une clameur de joie enfla dans le village. Ils avaient gagné. Ils avaient survécu à ce qui était sans doute la plus grande attaque de l'histoire de ce serveur, sinon de Minecraft. Gameknight sortit sa pioche, tailla rapidement une porte dans la muraille et sortit pour faire face à Erebus.

L'Enderman s'évanouit et réapparut devant lui. Gameknight baissa les yeux et leva la main pour empêcher les archers de tirer.

— Tu penses avoir gagné, Utilisateur-qui-n'en-est-pas-un ? crissa Erebus, une haine venimeuse dans la voix. Tu as protégé ce village, mais il y a de nombreux villages et beaucoup de XP à récupérer. Ce village et tous les autres finiront par être détruits ; ce n'est qu'une question de temps. Et alors je viendrai te chercher.

— Vous avez la langue bien pendue pour un perdant, se moqua Gameknight. Vous vous rendrez compte que les villageois de ce serveur ne sont plus des proies faciles. Pourquoi n'allez-vous pas vous réfugier dans les ténèbres auxquelles vous appartenez ? À moins que vous préfériez servir de cible à une trentaine d'archers. Vous pouvez vous téléporter, c'est sûr, mais êtes-vous sûr d'être plus rapide que mes archers ?

Le chef des Endermen disparut soudain, se matérialisant hors des limites du village, une haine indicible dans son regard noir.

— Ce n'est pas terminé ! Une tempête se lève qui balaiera ce serveur et tous les autres, qui les nettoiera des PNJ et des utilisateurs ! Nous déferlerons sur tous les serveurs électroniques, puis dans le monde réel !

— Ouais, c'est ça, acquiesça Gameknight avec toute l'insolence dont il était capable. Faites gaffe aux courants d'air en sortant.

Sur ce, Gameknight999 tourna le dos à Erebus, rengaina son épée et tendit le poing, exprimant sa joie, aussitôt imité par les villageois. Shawny apparut à ses côtés et lui tapota le dos.

— Dis donc, je ne suis pas habitué à te voir te comporter comme un leader, dit-il, sarcastique. On dirait que tu t'en fais vraiment pour ces PNJ.

Gameknight haussa les épaules en considérant les survivants, un sentiment de fierté enflant dans sa poitrine. Il avait réussi. Il avait gagné, même si ce n'était qu'une bataille. La guerre faisait toujours rage, et la bataille décisive n'avait pas encore eu lieu.

11

LE PLAN

Le soleil se levait majestueusement à l'est, baignant le paysage dans une lumière jaune doré et chassant le noir terrifiant de la nuit pour installer un rouge orangé, avant qu'un bleu cobalt prenne possession du ciel d'un horizon à l'autre. La nuit était enfin terminée. Comme il regardait le soleil se lever, Gameknight entendait le village s'animer, tandis que ses habitants remettaient de l'ordre, remplaçant des blocs dans les murs, réparant les bâtiments qui avaient succombé sous les assauts des creepers. Le maire était au cœur de cette activité car il souhaitait que son village soit de nouveau apte à se défendre avant la nuit. Il savait que les monstres allaient revenir.

— Dépêchons-nous ! criait-il. Tout doit être terminé avant la nuit. Envoyez des messagers dans les autres villages ; nous avons besoin de savoir comment ils s'en sont sortis.

Crafter se rapprocha d'un Gameknight perdu dans ses pensées, le regard tourné vers l'est.

— Et maintenant ? demanda-t-il.

— Ce n'est que le début, ils reviendront, répondit-il en faisant signe au maire et à Shawny de s'approcher. Erebus va revenir avec encore plus de monstres et n'arrêtera que quand ce village et tous les autres auront été rayés de la carte.

— C'est une guerre d'usure, remarqua Shawny. Il rognera le village petit à petit jusqu'à ce qu'il s'effondre. Ces fortifications sont nécessaires, mais pas suffisantes.

Gameknight réfléchit pendant quelques secondes. La réponse était là, quelque part, dans son esprit, mais elle refusait de se laisser attraper, voletant entre des images de la bataille et les souvenirs de son ancienne vie dans le monde physique. Soudain, une scène remonta à la surface de sa mémoire ; il se revit jouant avec ses trois chats – Max, Baxter et Shadow. Il adorait les embêter avec le pointeur laser de son père, les faisant courir après le point rouge dans toute la maison. Ce qu'il préférait, c'était les attirer tous les trois en un même endroit. Une fois, il était même parvenu à les faire sauter tous en même temps dans une boîte en carton, les trois petits félins ne pensant qu'à une chose, attraper cette mystérieuse proie rouge. En fait, ce dont il avait besoin, c'était d'un appât.

— Bon, voilà mon plan, commença-t-il d'un ton confiant, car la solution était désormais claire dans son esprit. Tout d'abord, les monstres ne devront plus connaître que l'échec. On ne peut pas laisser les villages céder lentement du terrain.

Se tournant vers le maire, il poursuivit :

— Envoyez des messagers partout. Les villages qui auront le plus souffert devront être abandonnés, et leurs habitants répartis dans les autres communautés, qui seront dès lors renforcées. À mesure que les villages seront touchés, nous déplacerons les populations vers des endroits plus sûrs, qui pourront alors être encore mieux protégés.

Le maire fit un signe de tête à un villageois qui se tenait tout près de là. L'homme rejoignit aussitôt un groupe de PNJ auxquels il fit part du plan de Gameknight. Ceux-ci se précipitèrent alors vers la tour située au centre du village, d'où ils accéderaient au réseau ferré souterrain.

—Voilà, ce sera fait, annonça le maire à Gameknight.

—Bien. Moins nous déplorerons de victimes, moins les monstres récupéreront de XP. Ils devront avoir faim, être affamés, assoiffés de mort.

—Et ce sera bon pour nous ? s'étonna Shawny. Ils n'en seront que plus difficiles à combattre ; je ne vois pas en quoi ça nous aiderait.

—Si on parvient à les affamer vraiment, ils deviendront complètement fous quand ils verront quelqu'un à découvert dans la nature.

— Vous voulez dire un autre utilisateur ? demanda Crafter d'un ton grave.

— Oui, mais pas n'importe quel utilisateur… Moi, répondit Gameknight en leur laissant quelques secondes pour assimiler l'information. Je serai l'appât qui les attirera loin des villages, vers un endroit où nous, les utilisateurs, aurons un avantage sur eux. C'est là que se déroulera la bataille finale de ce serveur.

— C'est une idée folle, intervint Shawny. Que t'arrivera-t-il si tu te fais tuer ici, sur ce serveur ?

— Je n'en sais rien, admit Gameknight. Mais les villageois sont comme moi. La vie au sein de ce logiciel est très mystérieuse. Nous ne la comprenons pas plus que nous ne comprenons le monde physique, ce qui ne nous empêche pas de vivre normalement. J'ai compris que, physique ou numérique, la vie était un don, et nous devions la protéger par tous les moyens possibles. Voilà pourquoi je veux tendre un piège aux monstres ; voilà pourquoi il faut les détruire. Et je parle de tous les monstres de ce serveur.

—C'est un noble objectif, commenta Crafter en posant une main carrée sur l'épaule de Gameknight. Mais comment le réaliser? Comment les détruire tous?

—Nous ferons ce que nous savons le mieux faire; nous les harcèlerons.

Shawny sourit, car il avait compris.

—Voilà comment nous allons procéder…

Gameknight les attira autour de lui et leur exposa son plan, disposant les pièces d'un puzzle complexe, dont il espérait qu'elles s'emboîteraient toutes le moment voulu. Shawny hocha la tête lorsqu'il lui révéla quel serait son rôle dans ce scénario dangereux, son esprit grouillant déjà d'idées stratégiques et fatales pour les monstres, tandis que Crafter et le maire acceptaient également de participer. Une fois les détails de l'opération précisés, les quatre conspirateurs firent un pas en arrière et acquiescèrent de la tête; chacun était conscient des risques encourus, mais aussi de la possibilité d'une victoire définitive sur l'ennemi.

—Il est vital que les villages tiennent bon, dit Gameknight. Les monstres devront être sevrés d'XP, comme ça, ils se lanceront à ma poursuite et tomberont dans notre piège. Tous.

—Les villageois résisteront, affirma le maire avec force. Nous ferons tout pour cela.

—Excellent. Dans ce cas, ne perdons pas de temps. Je vais avoir besoin de matériel, d'armes et d'une nouvelle armure. Shawny, il nous faut beaucoup d'outils et de vivres pour tout le monde. Quand tu auras trouvé l'endroit…

—Ne t'en fais pas pour ça, l'interrompit son ami. Je sais quoi faire. Amène-moi les monstres, je me chargerai du reste.

Gameknight fit un signe de tête à Shawny, se rendant compte à quel point cette amitié comptait pour lui. Les liens de ce genre étaient de plus en plus rares, semblait-il. Soudain, Shawny disparut dans un bruit de bouchon, l'atmosphère remplissant instantanément l'espace laissé vide par le personnage ninja. Il était parti.

—C'est un vaillant ami que le vôtre, dit Crafter de sa vieille voix éraillée. De telles amitiés sont précieuses. Vous en êtes sûrement digne.

Un voile de colère couvrit subitement le visage de Gameknight.

Est-ce qu'il se fiche de moi? C'était un sarcasme?

Gameknight n'avait pas beaucoup d'amis. Il en avait très peu, même, vu que la plupart des joueurs qu'il croisait dans Minecraft devenaient ses victimes. Dans le passé, il n'avait jamais joué que pour lui-même, ne se souciant jamais des besoins d'autrui, mais, à présent, Gameknight voyait la nature destructrice de son attitude. Vandaliser les créations des autres, détruire des bâtiments, saturer et faire planter des serveurs… tout cela n'avait fait qu'éloigner les gens de lui. Tout le monde l'évitait, et pour de bonnes raisons. *Pourquoi quiconque me ferait-il confiance? Vais-je devoir me battre seul contre des centaines de monstres lors de la bataille ultime, comme je le mériterais, ou bien serai-je rejoint par d'autres?* Il soupira.

—Oui, Shawny est un très bon ami, et je ne le mérite pas vraiment, répondit-il. Mais assez parlé. Au travail.

—Nous sommes prêts, annonça fièrement Crafter.

—Vous avez tout ce dont je vais avoir besoin ? Comment est-ce possible ? Nous n'avons pas bougé d'ici.

—En tant qu'artisan en chef de ce village, j'ai la faculté de communiquer à distance avec ceux qui travaillent pour moi dans les sous-sols. Pendant que nous discutions de votre plan, je leur ai demandé de fabriquer ce dont vous auriez besoin.

Crafter désigna de la main trois PNJ qui venaient de la tour de pierre et de son puits secret et couraient dans leur direction. Ils s'arrêtèrent devant Gameknight et posèrent des objets à ses pieds : une nouvelle armure en fer, de la nourriture, deux piles de torches, trois pioches en fer, une pelle en fer, une flèche et une épée en diamant… UNE ÉPÉE EN DIAMANT ! Gameknight se saisit immédiatement de l'arme, qui brillait d'un éclat bleuté intérieur.

—Des diamants… Où avez-vous trouvé des diamants? demanda-t-il.

—Il y en a dans la région, répondit Crafter. Peu, mais on en trouve. J'avais demandé à certains de mes villageois de commencer à explorer quelques veines. Ils ont travaillé pendant que nous discutions. C'est fou ce qu'on peut trouver quand on s'y met à quinze.

—Elle est enchantée? demanda Gameknight en notant la lumière bleu-violet qui semblait danser sur la lame et la poignée.

—Oui, confirma Crafter avec fierté. Recul II et Tranchant III. Elle vous servira bien.

Gameknight la brandit au-dessus de sa tête et en admira la lame effilée, l'arme enchantée lui baignant le visage d'un éclat cobalt. L'utilisateur inspecta le moindre centimètre carré de l'épée, la scruta avec soin, un sourire radieux sur le visage. C'était exactement ce dont il avait besoin.

Avisant le matériel qui flottait à quelques centimètres du sol, il remarqua la flèche. Il la ramassa et la leva devant son visage. Son sourire s'atténua quelque peu.

— Pourquoi une seule flèche ? et pas d'arc ?

— Une flèche unique ne vous serait pas d'une grande utilité si vous n'aviez un arc très spécial, répondit Crafter, le regard amusé et le sourcil haussé. Donnez-le-lui.

Digger se planta devant Gameknight. La tension était palpable. Gameknight avait causé la mort de l'épouse du PNJ au temps où il se comportait de façon amorale, avant d'être aspiré dans ce jeu.

— Je ne vous ai pas pardonné, assena Digger, furieux. Toutefois, vous avez sauvé notre village, vous avez protégé nos enfants, les miens y compris. Vous avez fait tout cela pour nous et non pas pour vos propres intérêts. Vous ne vous êtes pas servi de nous. Aujourd'hui, vous avez risqué votre vie pour sauver la nôtre, et je vous dois le respect pour cela.

Le villageois sortit de son inventaire un arc scintillant.

— Vous avez laissé ça dans notre coffre la première fois que vous…

—Que je suis venu, que j'ai vandalisé votre village et causé la mort de votre femme, termina solennellement Gameknight, tête baissée.

Digger hocha la tête et tendit l'arc à l'Utilisateur-qui-n'en-est-pas-un. Gameknight s'en saisit et le regarda de près. Frappe II, Puissance III et Infinité… son arc, sa fierté. L'arme que les autres utilisateurs lui enviaient.

—Je l'avais oublié, dit-il, plein d'espoir. Mon arc, mon vieil ami. (Gameknight releva la tête et posa la main sur l'épaule de Digger.) Cet arc fera peut-être la différence, Digger. Il nous apportera peut-être la victoire. Merci.

« Merci »… Il n'avait pas l'habitude de prononcer ce mot, et cela lui fit un drôle d'effet.

Digger s'inclina.

—Nous avons tout ce qu'il nous faut, intervint Crafter d'une voix qui sonnait comme du papier de verre grattant un rocher. Il est temps pour nous d'y aller.

—Nous? s'étonna Gameknight999. Qu'est-ce que vous racontez?

—Je pars avec vous, affirma Crafter avec force. Je veux jouer un rôle dans cette bataille.

—Mais c'est impossible! rétorqua Gameknight. Vous risqueriez de mourir, et vous n'allez sans doute pas réapparaître comme le font les utilisateurs.

—Et vous? demanda le vieux PNJ, d'une voix qui résonna comme une cloche.

Le vieillard était décidé et savait parfaitement ce qu'il voulait.

Les villageois les plus proches avaient entendu leur conversation et entrepris de les rejoindre, un voile d'incertitude sur le visage.

—J'ignore ce qui va m'arriver, dit Gameknight. En revanche, je sais ce qui vous attend si…

—J'ai eu une longue vie – plus longue que celle de tous les autres habitants de ce monde. J'ai vu tant de choses, tant de levers de soleil. Et j'ai vu mourir tellement d'amis. Beaucoup trop… (Crafter se perdit soudain dans ses pensées, hanté par tous les gens qu'il avait vu mourir.) Non, mon temps sur cette terre est terminé. Je dois partir et désigner un nouveau Crafter.

Gameknight lui lança un regard sévère, espérant l'impressionner et le décourager, mais non. Le vieillard le mit au défi de mettre en question sa décision.

Je ne veux pas être responsable de ça, pensa Gameknight. *La perte d'une autre vie…*

Le poids de ses responsabilités commençait à l'écraser comme un étau.

Les villageois silencieux les entouraient. Tous les regards étaient rivés sur Crafter et sur l'Utilisateur-qui-n'en-est-pas-un. La tension entre les deux personnages faisait presque vibrer l'atmosphère. C'était un moment d'une grande intensité. Soudain, une petite voix se fit entendre dans la foule ; elle appartenait à la petite fille courageuse qui avait, la première, osé adresser la parole à Gameknight. Cela s'était passé la veille. Une journée qui lui faisait l'effet d'une éternité.

— Vous me manquerez, Crafter, bredouilla-t-elle d'une voix tremblante de peur. Vous avez été bon avec moi, et je ne vous oublierai jamais.

— Je me rappellerai à jamais de vos feux d'artifice, s'écria un autre. Les étoiles jaunes ont toujours été mes préférées.

— Oui, et…

— Je me souviens…

— Merci pour…

— Adieu…

Un flot d'au revoir les submergea, comme les villageois entérinaient la décision de Crafter. Les PNJ partagèrent avec lui les souvenirs des moments qu'ils avaient vécus ensemble, des choses qu'il avait faites pour soulager leurs malheurs, des sourires qu'il avait distribués, des vies qu'il avait sauvées. C'était une affirmation de son existence, une confirmation de sa valeur, de ce qu'il avait apporté à sa communauté. À la grande surprise de Gameknight, une larme pixellisée apparut au coin de l'œil du vieillard et s'écoula à la rencontre de son sourire ému.

Les villageois se rapprochèrent de lui, le touchèrent une dernière fois, puis retournèrent vaquer à leurs occupations. Il s'agissait de préparer le village à affronter une nouvelle attaque, attendu dans deux jours, probablement.

— Digger, restez, je vous prie, appela Crafter en essuyant sa larme.

Le personnage se figea et se retourna, étonné.

Crafter s'avança vers le PNJ et lui tendit son établi personnel. Digger fit un pas hésitant, puis un deuxième, puis un troisième, et se retrouva nez à nez avec Crafter. Son visage trahissait sa peur et sa confusion, son sourcil froncé accentuait ses doutes.

— Digger, tu seras le nouveau chef des villageois de cette région, tu dirigeras la fabrication des outils et objets dont les utilisateurs auront besoin, affirma-t-il, solennel, d'une voix suffisamment forte pour être entendue de tous. À partir de maintenant, c'est toi qui assureras le fonctionnement parfait et sans retard de cette machinerie électronique qu'est Minecraft. Je te nomme Crafter.

Il plaça son établi entre les mains de Digger ; la boîte brun clair scintillait dans la lumière du soleil. Lorsque l'établi eut été accepté, le manteau marron de Digger vira soudain au noir corbeau, avec une bande grise sur le devant, tandis que celui de Crafter devenait vert foncé. Voilà, c'était fait. Les villageois se tournèrent vers le nouveau Crafter, acceptant sa promotion d'un hochement de tête avant de retourner travailler, tandis qu'un large sourire éclairait le visage de son prédécesseur.

— À présent, nous pouvons partir, annonça Crafter en essuyant ses joues maculées de larmes. Venez, Gameknight. Notre ultime bataille, celle qui décidera du sort de ce monde, nous attend.

— C'est tout ce que nous avons à faire ? demanda Gameknight, sarcastique.

— En effet.

Les deux personnages s'éloignèrent du village, en direction de l'inconnu, Crafter fredonnant une jolie mélodie tandis qu'ils se dirigeaient vers le champ de l'ultime bataille, quelque part derrière la ligne d'horizon. Pendant ce temps, les villageois s'activaient derrière les murs du village : on creusait, on empilait des blocs, on amorçait les pistons de redstone, on fabriquait de nouveaux outils. Aucun des habitants du village ne les regarda disparaître au loin, sinon, il aurait peut-être aperçu la silhouette rouge sombre et dégingandée qui les espionnait, tapie dans l'ombre de la forêt, entourée d'une nuée de particules violettes. De ses yeux blancs et plissés, la créature suivait les deux personnages avec une haine indicible et un appétit de mort.

— J'aurai ma revanche, crissa Erebus à voix basse.

Sa colère était telle que les arbres qui l'entouraient avaient envie de s'écarter de lui. Puis l'Enderman ricana comme un maniaque.

— Tu peux courir, Utilisateur-qui-n'en-est-pas-un, je finirai par te retrouver.

Dans un dernier ricanement, le leader des Endermen recula et disparut dans l'ombre épaisse de la forêt.

12

La chasse

Ils marchèrent toute la journée dans le magnifique paysage de Minecraft. Des chênes majestueux se nichaient dans les creux du terrain tapissé d'herbe et de fleurs multicolores. Au loin, sur leur gauche, s'élevaient des montagnes coiffées de neige. Tout était si beau et si tranquille, à condition de pouvoir oublier les monstres qui arpentaient ce paysage idyllique à la recherche d'XP. Gameknight ouvrait la marche et scrutait continuellement le terrain, se cachant derrière des arbres ou s'accroupissant derrière des collines pour éviter les groupes de créatures trop importants.

Il y avait des araignées partout. Crafter ne cessait de fredonner son air favori et mystérieux; c'était sa façon à lui de combattre sa nervosité. Seules quelques fausses notes venaient gâcher la belle mélodie quand les monstres étaient trop près. Sans trop savoir comment c'était possible, Gameknight sentait où ils devaient passer, un murmure dans son esprit le guidant jusqu'à l'endroit où Shawny préparait l'ultime bataille.

— Si Digger est le nouveau Crafter de votre village, demanda-t-il au vieil homme, quel est votre rôle, à présent?

— Je suis un simple villageois, un PNJ, comme vous dites. Voyez, mes vêtements ne sont plus noir et gris, les couleurs symboliques de mon ancienne fonction. C'est Digger, enfin, je veux dire Crafter, qui porte ces couleurs désormais. (Tout en marchant, il sortit un biscuit de son inventaire et se mit à le grignoter, ralentissant légèrement.) Je ne suis personne. Juste une des créatures qui vivent sur ce monde.

— Dois-je toujours vous appeler Crafter?

— Les titres n'ont aucune importance. Appelez-moi comme vous voulez.

— Pour moi, vous êtes toujours Crafter.

— Très bien.

Ils continuèrent à jouer à cache-cache avec les monstres, sauf que ce n'était pas vraiment un jeu car ils risquaient la mort. Tandis qu'il traversait un bosquet, le duo tomba nez à nez avec une araignée solitaire. Ils se jetèrent aussitôt sur la créature, l'épée en diamant de Gameknight décrivant de grands arcs scintillants dans les airs, massacrant la créature sans lui laisser aucune chance de s'enfuir pour prévenir son maître, Erebus. Cela se reproduisit trois fois, avec deux araignées et un creeper, qui firent également long feu. Ils durent pourchasser une des créatures pour la tuer. Erebus avait manifestement envoyé ces monstres recueillir des informations précieuses. Des monstres dont la vie lui importait peu.

Gameknight leva les yeux pour regarder le soleil. Un sentiment de terreur se propagea dans son corps tout entier lorsqu'il vit la face carrée de l'astre du jour embrasser la ligne d'horizon. Le ciel virait du bleu cobalt au rouge orange. Bientôt, il ferait noir.

— Il faut trouver une cachette, dit nerveusement Crafter en regardant autour de lui comme les ténèbres les avalaient.

— Nous sommes en sécurité pour quelque temps, le rassura Gameknight. Mais gardez quand même votre pioche et votre pelle à la main.

— Il faut trouver une cachette ! Une grotte, une caverne, quelque chose, un endroit décent.

— Ne vous en faites pas, j'ai tout prévu. Tenez-vous prêt avec votre pelle.

Crafter regarda son compagnon. Le visage carré de Crafter trahissait sa confusion, ses longs cheveux flottaient dans son dos. Ralentissant leur progression, ils atteignirent une campagne herbeuse couverte de basses collines et de fleurs bleues et rouges. Il n'y avait plus d'arbres pour se cacher, aussi devaient-ils redoubler de prudence, d'autant que les monstres étaient de plus en plus nombreux. Erebus avait clairement envoyé ses troupes à leur recherche, les hordes d'araignées et de zombies se déplaçant en groupes, leurs yeux scrutant toutes les directions à la fois. Si un de ces groupes les repérait, il leur tomberait dessus et ils auraient très peu de chances de s'en sortir. Préférant jouer la prudence, Gameknight choisit de s'arrêter.

— Nous nous arrêtons ici, annonça-t-il au vieux PNJ.

— Quoi? Ici? s'étonna celui-ci en regardant la plaine autour de lui.

— Prenez votre pelle. Nous allons creuser.

Ils creusèrent sur quatre blocs de profondeur. En règle générale, il ne fallait jamais creuser à la verticale dans Minecraft, mais Gameknight savait qu'ils avaient très peu de chances de tomber sur une grotte emplie de lave si près de la surface.

L'utilisateur alluma une torche pour éclairer leur petite cachette et se tourna vers Crafter. Le vieillard était terrorisé.

— Qu'y a-t-il? lui demanda-t-il.

— Ils savent où nous sommes! répondit Crafter en pointant sa pelle vers le ciel.

Tendant l'oreille, Gameknight999 entendit les monstres approcher – les gémissements des zombies, les cliquetis des pattes d'araignées, les bruits des slimes qui rebondissaient et, bien sûr, les ricanements des Endermen.

— Comment est-ce possible ? protesta Gameknight. Il n'y avait personne dans les environs quand nous avons commencé à creuser.

— C'est à cause de votre nom ; il flotte au-dessus de votre tête. Accroupissez-vous, vite ! Votre nom disparaîtra.

Gameknight s'exécuta. Il ne pouvait presque plus bouger, et il ne savait même pas si cela faisait une différence ou non. Comme il regrettait de ne pas avoir sa vision à rayon X. Soudain, Crafter s'arma de sa pelle et excava un bloc sous ses pieds, puis sous ceux de Gameknight.

— Qu'est-ce que vous faites ?

— Chut !

Crafter attrapa un bloc de pierre et le plaça au-dessus de leur tête, puis un autre, dont la surface tachée refléta la lumière chaude de la torche. Gameknight regarda son compagnon sans comprendre. Les questions se bousculaient dans sa tête. Crafter leva la main pour le dissuader de parler, puis désigna le plafond du doigt. On entendait les zombies au-delà de la couche pierreuse ; leurs gémissements de souffrance étaient terrifiants et rongeaient leur courage. Gameknight frissonna, un sentiment proche de la panique déferlant dans ses veines. Le souvenir de leurs griffes sifflant autour de sa tête lui donnait envie de creuser pour s'éloigner encore des monstres.

À quoi va servir ce plafond de pierre ? pensa-t-il. *Les monstres sont si nombreux. On aurait dû s'arrêter plus tôt, trouver une grotte, un grand arbre…* Une main rassurante se posa sur son épaule, calmant un peu sa peur. Crafter lui souriait, tandis que ses longs cheveux gris brillaient dans la lumière de la torche.

—Les Endermen sont incapables de soulever des blocs de pierre taillée, seulement les matériaux naturels tels que la terre et le sable, expliqua-t-il. Même s'ils nous localisent avec précision, ils ne pourront pas nous exhumer. On est en sécurité. Pour quelque temps.

Reprenant sa pelle, Crafter se remit au travail et creusa sur une épaisseur d'un bloc autour de leur abri large de seulement deux blocs jusque-là. À mesure qu'il creusait, il remplissait l'espace libéré par des blocs de pierre taillée, les entourant d'une barrière infranchissable qui les aida à se sentir plus en sécurité et à dominer leurs craintes. Une fois son travail terminé, Crafter posa sa pelle et écouta, le regard rivé sur le plafond. Le vacarme provoqué par les monstres enfla encore, puis déclina comme ils se dispersaient pour chercher d'autres proies.

—Ils nous ont perdus, on dirait, lança Gameknight.

—Chut! fit Crafter avant d'ajouter dans l'oreille de son compagnon: Si on les entend, alors ils nous entendent aussi. Il faut chuchoter!

Gameknight hocha la tête.

La meute semblait s'être éparpillée, mais quelques monstres continuaient à se faire entendre, zombies et araignées sillonnant le paysage au hasard.

—Ils ne savent pas où nous sommes, murmura Gameknight999, un peu plus calme.

—Peut-être, acquiesça Crafter d'une voix éraillée à peine audible. Mais j'ai appris une chose durant ma longue vie dans Minecraft : les nuits sont interminables. On aura quand même besoin d'un peu de chance ; ce n'est pas fini.

Soudain, une explosion retentit au loin – un creeper, aurait-on dit –, les roulements de tambour provoquant une pluie de poussière autour d'eux.

—Qu'est-ce que c'était ? demanda le vieux PNJ. Qu'est-ce qui a fait exploser ce creeper ?

Gameknight était sur le point de répondre quand une nouvelle explosion ébranla leur cachette, plus proche cette fois, puis une troisième, lointaine, à peine audible. Il savait ce qui était en train de se passer et s'apprêtait à l'expliquer à son compagnon quand une détonation secoua le sol et résonna dans leur modeste abri. Les murs tinrent bon, heureusement.

—Ce n'est pas passé loin ! remarqua Crafter, effrayé. Que se passe-t-il ?

—C'est comme dans Silent Hunter.

—Quoi?

—Silent Hunter. C'est un jeu vidéo, une simulation de sous-marin.

—De sous-marin?

—Les sous-marins sont des bateaux qui naviguent sous l'eau, expliqua Gameknight dans un murmure. Ils chassent les navires qui sont à la surface et les attaquent avec des torpilles.

«Boum!»

Une nouvelle explosion se réverbéra douloureusement dans leur petit trou. Un nuage de poussière les enveloppa. Un sentiment de terreur lui parcourant l'échine, Gameknight attendit que la prochaine détonation les tue.

—Quand il pense qu'il y a un sous-marin dans les parages, un bateau largue des bombes qui explosent sous l'eau pour tenter de le couler.

—Comment les navires peuvent-ils savoir où sont les sous-marins?

—Ils ne le peuvent pas. Voilà pourquoi ils larguent des bombes partout. Et croisent les doigts. À partir de la dernière position connue de l'ennemi, on quadrille la zone et on tire dans tous les sens en espérant…

« Boum ! »

Une autre explosion secoua violemment l'abri et ses occupants. Le sol se souleva, projetant Gameknight contre la paroi, où il se cogna la tête. Ses oreilles tintèrent.

— Cette fois, ce n'est pas passé loin, chuchota Gameknight en désignant, au-dessus de sa tête, des fissures dans les blocs de pierre.

Il se rendit compte que Crafter tremblait.

— Ils espèrent toucher le sous-marin et le couler, lui expliqua-t-il. Voilà ce qu'ils font. Ils font exploser des creepers partout en espérant nous avoir.

— Ils… ils se rapprochent ! bafouilla Crafter, encore tremblant. Vous croyez qu'ils ont découvert ce bloc ?

— Je ne sais pas, mais on sera fixés très vite.

Une autre explosion retentit à proximité. Le sol trembla, faisant tomber davantage de poussière dans leur abri. Ils en avaient plein la gorge et les yeux. Cependant, cette dernière déflagration avait retenti plus loin que la précédente. La peur de la prochaine détonation submergea les deux compagnons, un sentiment de panique s'emparant de leur esprit. Crafter jeta un coup d'œil circulaire sur leur cachette, à la recherche d'une porte de sortie, mais il n'y en avait pas. Le vieil homme semblait sur le point de crier, de craquer. Accroupi, Gameknight leva les yeux vers le vieux PNJ et lui tapota le dos pour le rassurer. Crafter plongea son regard dans le sien, y lut de la force et de la détermination, la certitude qu'ils allaient s'en sortir. Cela l'aida à dominer sa panique.

D'autres explosions retentirent au loin, comme les creepers se sacrifiaient dans l'espoir de tuer les seules créatures susceptibles de libérer des XP dans les parages. Les deux compagnons ne pouvaient rien faire d'autre qu'attendre et écouter tels des sous-marins, tandis que les destroyers, à la surface, lâchaient leurs mines au hasard dans le paysage herbeux, animés par une soif de mort inextinguible. Cela dura toute la nuit. Erebus guidait son armée avec colère et un intense désir de vengeance. Quelques détonations retentirent à proximité, mais la majeure partie de la tempête de haine démoniaque qui faisait rage à la surface se déroula loin d'eux. La situation semblait s'arranger.

Ils avaient survécu.

Gameknight avait mal aux jambes à force de rester accroupi pour dissimuler son nom d'utilisateur. Il aurait voulu se lever et s'étirer, mais n'osa pas. C'est alors que Crafter attrapa sa pioche et se mit à cogner dans les blocs de pierre situés au-dessus de leur tête.

— Qu'est-ce que fous faites, Crafter ?

— C'est le matin.

— Qu'est-ce que vous en savez ?

— Tous les PNJ sentent le soleil se lever ; on apprend ça en grandissant. On enseigne à nos enfants à sentir lorsque le soleil se lève et se couche. Ceux qui n'en sont pas capables ne vivent pas très vieux. Le soleil s'est levé. Il est temps de reprendre notre route.

Crafter creusa rapidement, laissant des rais de lumière s'engouffrer dans leur abri et illuminer des tourbillons de poussière qui, dans d'autres circonstances, auraient été magnifiques. Taillant des marches dans la terre, il sortit au grand jour, bientôt suivi par Gameknight. Le spectacle qu'ils découvrirent était choquant. La plaine herbeuse qu'ils avaient arpentée la veille était couverte de cratères géants qui défiguraient littéralement le skin de Minecraft. La partie de chasse qui s'était prolongée toute la nuit avait été impitoyable de violence. Aussi loin que portait leur regard, le paysage était lunaire, sans vie. Des blocs de terre et de pierre flottaient partout, témoignages de l'œuvre de destruction des creepers. Seuls quelques bouquets de fleurs ou carrés occasionnels d'herbe avaient survécu au massacre. Quasiment toute la région avait été balayée par une véritable vague de violence. On aurait dit un champ de bataille de la der des ders reconstitué dans Minecraft. Gameknight se tourna vers l'est et contempla la face brillante et carrée du soleil qui se levait au-dessus de l'horizon. Sa présence était un gage de sécurité. Et puis elle les réchauffait.

—Allons-y, lança Crafter. Le temps presse.

Les deux compères entreprirent de se restaurer, Gameknight avalant successivement plusieurs tranches de melon. Son épée en diamant enchanté à la main, il se mit en route, marchant vers le soleil, vers leur destination, vers le champ de la bataille ultime qui, il le sentait, se trouvait loin, dans cette direction. Il espérait que Shawny aurait tout préparé, et que d'autres utilisateurs seraient là pour les aider. Sinon, tout serait perdu. Mais pourquoi d'autres utilisateurs voudraient-ils l'aider, lui, Gameknight999, le roi des vandales ? Il n'était probablement pas un joueur sur ce serveur qu'il n'ait harcelé, dont il n'ait détruit la maison, qu'il n'ait tué et dont il n'ait vidé l'inventaire. Pourquoi aideraient-ils ce type qui n'avait pas d'amis, qui ne faisait que des victimes ? Une tristesse bizarre s'empara de lui, un sentiment qu'il identifia comme des remords, même s'il n'en avait jamais eu jusque-là. Si seulement il avait été un meilleur ami, un meilleur joueur de Minecraft, si seulement... *Ce n'est pas le moment de t'apitoyer sur toi-même.* Il se devait de protéger ce monde, de protéger son monde, sa famille, les autres. Relevant la tête, il pressa le pas, entendant ceux, rassurants, de Crafter à ses côtés. Le vieil homme chantonnait de nouveau, mais sa mélodie était gâchée par quelques dissonances. Il avait peur. L'incertitude et le doute grignotant leur courage, les deux guerriers solitaires couraient vers leur destin.

13

TROUVER ALAMO

Les deux compagnons marchaient sans relâche, poursuivis par les quelques monstres qui arpentaient les terres de Minecraft de jour. Les araignées étaient omniprésentes, qui s'enfuyaient dès qu'elles les apercevaient – pour prévenir Erebus, sans doute. Les arachnides étaient plus efficaces pour ce genre de mission de reconnaissance que les zombies, trop lents. Quant aux creepers, ils étaient trop prompts à exploser et à détruire les informations glanées sur le terrain. Grâce à son arc, Gameknight était capable de tuer les araignées de très loin, technique dans laquelle il excellait. Toutefois, il se sentait coupable chaque fois qu'il décochait une flèche, car il avait parfait son art en massacrant de nombreux utilisateurs et PNJ. Il ne partagea pas ses sentiments avec Crafter, mais il soupçonnait le vieillard d'avoir perçu son malaise, car celui-ci sombrait dans un silence profond durant ces batailles à longue distance et tardait souvent à se remettre à chantonner.

Bientôt, ils quittèrent la plaine herbeuse pour s'engouffrer dans une épaisse forêt abritant de nombreuses formes de vie. Ils virent notamment des meutes de loups, dont la fourrure blanche se détachait sur la toile de fond sombre des troncs d'arbres.

— Attendez une minute, dit Crafter en ralentissant.

— Pourquoi ? Il faut continuer à avancer.

— Non, attendez.

Crafter fouilla dans son inventaire et en sortit une pile d'ossements récupérés sur des squelettes et les lança à Gameknight.

— Prenez quelques os, lui dit-il en en brandissant un. Nous avons besoin d'animaux de compagnie.

— Qu'est-ce que vous racontez ? On n'a pas le temps de s'amuser.

— Si, si. Faites comme moi.

Gameknight ramassa les os et suivit Crafter. Le vieil homme s'approcha lentement des loups et caressa doucement une des bêtes, faisant apparaître des cœurs au-dessus de l'animal. Soudain, un collier rouge se matérialisa autour du cou du loup. Celui-ci était désormais l'animal de compagnie de Crafter.

— Faites comme moi, dit-il d'un ton rude.

C'était davantage un ordre qu'une suggestion. Gameknight haussa les épaules et obtempéra, utilisant les os pour attirer les animaux et les apprivoisant instantanément. En moins de temps qu'il n'en fallait pour le dire, ils avaient réuni chacun une demi-douzaine d'animaux de compagnie qui, à mesure qu'ils avançaient, furent rejoints par d'autres bêtes.

— Que va-t-on faire de ces loups ? demanda Gameknight.

— Vous allez bientôt comprendre. Si vous en voyez d'autres, apprivoisez-les aussi. Plus nous en aurons, mieux ce sera.

Gameknight hocha la tête et continua à marcher dans la forêt dense, entouré d'un cercle de compagnons à fourrure, dont les hurlements occasionnels avaient quelque chose de bizarrement rassurant.

J'espère que Shawny est prêt. J'espère qu'il va réussir à convaincre les autres, ou alors notre plan échouera.

Ses doutes se multipliaient au rythme des battements de son cœur et menaçaient de venir à bout de son courage. Heureusement, dans ces moments de faiblesse, un regard vers son compagnon lui redonnait des forces. Crafter courait à ses côtés, fort et confiant, ses longs cheveux gris flottant dans son dos, son courage et sa détermination manifestes sur son visage carré. Le vieux PNJ lui sourit et lui tapota l'épaule, ce qui fit gronder un des loups de l'utilisateur. Jetant un steak à l'animal, ils continuèrent à courir, accueillant au sein de leur groupe les loups solitaires qu'ils croisaient dans la forêt dense.

Soudain, six zombies jaillirent de derrière un bosquet. Groupés, ils restaient à l'ombre des arbres, à l'abri des rayons dangereux du soleil. Sans leur laisser le temps d'attaquer, les loups se jetèrent sur eux, enfonçant avec férocité leurs crocs acérés dans leurs bras et leurs jambes. Les zombies se défendirent à coups de griffes brillantes, tendant les bras vers les bêtes à fourrures, mais celles-ci étaient beaucoup trop rapides pour les monstres verts, qui se mirent à clignoter à mesure que leurs PV déclinaient. La meute déchiqueta les monstres, les boules de fourrure blanche fonçant comme des missiles dans l'amas verdâtre jusqu'à ce que le dernier zombie ait disparu, abandonnant dans son sillage des morceaux de chair et des XP, évidemment.

— À présent, vous comprenez à quoi nous servent les loups, dit fièrement Crafter.

— C'était une excellente idée, acquiesça Gameknight dans un hochement de tête.

Rayonnant, Crafter se remit en marche en fredonnant une mélodie légère qui leur remonta le moral, tandis que la meute les suivait de près. Ils couraient dans les bois denses, zigzaguaient entre de longues et lourdes branches feuillues et des mares sereines, leurs protecteurs à fourrure se chargeant des araignées et des zombies dès que l'occasion se présentait. Ils se dirigeaient vers des montagnes lointaines, dont les pics rocheux apparaissaient occasionnellement dans les trouées de la forêt.

— Je crois bien que c'est là que nous allons, annonça Gameknight comme ils gravissaient une colline.

Le pic rocheux était désormais parfaitement visible, grand et majestueux, la forêt s'étirant jusqu'à ses pieds, au loin.

— Vous croyez qu'on peut y arriver avant la nuit ? s'inquiéta Crafter, le sourcil plissé.

— Il le faudra bien. C'est quand même bizarre. J'ai l'impression que tout est tourné vers ce point, toute la colère et la violence de ce monde... Enfin, ce sera le cas ce soir. Nous devons absolument l'atteindre.

Crafter regarda le soleil par-dessus son épaule. L'astre du jour frôlait presque la ligne d'horizon. Il n'avait pas vraiment besoin de regarder pour savoir combien de temps il leur restait, mais il ne pouvait pas s'en empêcher.

— Si nous parvenions à atteindre cette prochaine colline en moins de deux minutes, alors, oui, nous pourrions arriver à la montagne avant la nuit, expliqua-t-il. J'espère que votre ami a préparé quelque chose pour nous, ou bien nous nous retrouverons dos à la montagne entourés de tous les monstres de ce serveur. J'espère qu'il aura eu le temps de faire ce qu'il voulait.

—Moi aussi, acquiesça Gameknight en imaginant des zombies émergeant du numériseur de son père pour s'attaquer à sa petite sœur. Moi aussi…

Ils dévalèrent la colline et se précipitèrent vers la suivante. Ils faisaient la course contre le soleil. Il y avait de plus en plus de monstres, qui profitaient de la faible luminosité et de la couverture végétale pour sortir à découvert sans risquer la combustion spontanée. Des mains griffues se tendaient vers les deux voyageurs. Une araignée leur barra la route, mais Gameknight et Crafter la massacrèrent sans même ralentir.

Sans s'arrêter pour récupérer ses XP, les deux compagnons poursuivirent leur chemin ; il en allait de leur survie. Un groupe de creepers tenta de les approcher par la droite, mais leurs petits pieds de cochons étaient beaucoup trop lents. Un loup se jeta sur une des créatures tachetées de vert, la faisant exploser et provoquant une réaction en chaîne dans tout le groupe. *Pauvre loup*, pensa Gameknight.

Sans jamais s'arrêter pour combattre les monstres, les deux compères continuèrent à courir, laissant les loups se charger du sale travail lorsque c'était possible. Gameknight vit quelques araignées et zombies s'enfuir en les voyant – sans doute pour aller prévenir Erebus, mais cela n'avait plus d'importance. En réalité, il était désormais dans leur intérêt d'attirer Erebus et ses hordes.

J'espère que Shawny est prêt.

Soudain, ils entendirent un son démoniaque – les ricanements de l'Enderman, qui venait de se téléporter à proximité.

—Vous avez entendu ? demanda Gameknight.

—Oui, répondit Crafter, stoïque. Ils sont là.

Subitement, un Enderman apparut juste devant eux dans un nuage de particules violettes, ses longs bras sombres le long de son corps. Les deux voyageurs contournèrent la créature en baissant la tête pour éviter de croiser son regard et en éloignant leurs épées. Les Endermen ne se battaient que si on les provoquait en les regardant dans les yeux ou en les attaquant. Gameknight999 et Crafter évitèrent un autre monstre en respectant ces mêmes règles de base, car ils voulaient à tout prix éviter une confrontation avec ces cauchemars. Leurs poursuivants faisaient un vacarme de tous les diables dans leur dos, vacarme auquel s'ajoutaient les hurlements et les grognements de la meute de loups attaquée par les monstres. Les cliquetis des araignées et les gémissements des zombies étaient de plus en plus intenses, car les créatures étaient de plus en plus nombreuses. Et puis il y avait les ricanements des Endermen. Les grognements des loups changeaient progressivement de nature ; les animaux d'abord agressifs étaient désormais sur la défensive, apeurés, leurs jappements témoignant de leurs souffrances physiques.

— J'espère qu'ils vont s'enfuir, lança Gameknight à son ami, tandis que les cris de douleur de la meute emplissaient son esprit d'un sentiment de culpabilité.

— Ils ne s'enfuiront pas à moins d'avoir faim, lui expliqua Crafter.

Subitement, les hurlements et les grognements des loups se turent, et il n'y eut plus que les gémissements et les cliquetis des monstres. Les deux amis étaient seuls. Courant à en perdre haleine, ils atteignirent enfin le sommet de la colline, la montagne rocheuse se dressant droit devant eux. S'arrêtant un instant pour reprendre leur souffle, ils se retournèrent vers la forêt et furent terrifiés par ce qu'ils découvrirent. Des centaines, non, des milliers de monstres les poursuivaient, des zombies au visage furieux, des squelettes, des araignées, des slimes et des creepers apparaissant entre les branches, pendant que, un peu à l'écart, des Endermen regardaient et attendaient. On aurait dit un torrent de créatures qui contournaient les arbres, recouvraient les collines, fondaient sur un objectif commun : Gameknight999. Il sentait leur colère, leur rage, leur désir de tuer toutes les créatures qui se dressaient en travers de leur route.

Gameknight frissonna de peur.

— Vite, il faut descendre de cette colline avant d'être encerclés, lança Crafter en le prenant par la main.

Gameknight se mit à courir, dévalant la colline vers leur objectif, dont il n'était pas certain de connaître vraiment la nature. Soudain, une torche s'alluma à la base de la montagne. Un panneau était à peine visible sous le cercle de lumière et, sous le panneau, une porte en acier.

—Là, regardez! s'écria Gameknight, tandis que le vacarme de leurs poursuivants enflait dans leur dos.

Crafter hocha la tête.

Les gémissements des zombies et les cliquetis agités des araignées les enveloppaient progressivement, la masse de monstres assoiffés de sang se refermant sur eux. Regardant par-dessus son épaule, Gameknight vit la vague déferler au-dessus de la colline, les yeux noirs et affamés des zombies, ceux, rouges, des araignées. Tous ces regards braqués sur lui... Certains zombies trébuchèrent et roulèrent sur le flanc de la colline dans leur hâte de rattraper l'Utilisateur-qui-n'en-est-pas-un, tandis que les araignées piétinaient sans réfléchir les créatures vertes, concentrées sur leur cible.

Tremblant de peur, Gameknight redoubla d'efforts, ne lâchant plus des yeux la torche et la porte d'acier, leur planche de salut. Comme ils couraient, des flèches pleuvaient et se fichaient dans le sol tout autour d'eux. Les squelettes les avaient pris pour cibles.

— Il faut courir en zigzags ! s'écria Gameknight.

Les deux compagnons changèrent constamment de trajectoire, tâchant de la rendre imprévisible. Les flèches tombaient toujours, mais la plupart se fichaient dans le sol, inoffensives. Quelques-unes seulement leur frôlaient parfois le bras ou l'épaule. Courir en zigzags ne facilitait pas la tâche des archers, mais permettait aux autres monstres de gagner un peu de terrain, si bien que leurs grognements affamés résonnaient de plus en plus fort dans les oreilles de Crafter et Gameknight. *Je ne sais pas si nous allons y arriver !* Sur leur gauche, Gameknight vit arriver un groupe d'araignées – *non, des araignées bleues ! Nous n'avons pas de lait ! Comment allons-nous faire ?* En effet, le lait était le seul antidote efficace contre leur venin. D'autres araignées similaires se matérialisèrent à droite. Elles étaient certes plus loin que les premières, mais représentaient tout de même une menace.

La torche se rapprochait. Ils se devaient de réussir. Courant aussi vite qu'ils le pouvaient, les deux amis parcoururent une dernière portion de terrain découvert sous une pluie de pointes en fer, s'efforçant de ne pas entendre les cris des monstres furieux toujours plus proches dans leur dos.

Le duo atteignit enfin la porte métallique pour découvrir qu'il n'y avait ni bouton ni poignée ni aucune sorte de mécanisme pour leur permettre de l'ouvrir. Ils étaient pris au piège. Gameknight leva les yeux vers le panneau et vit le mot «ALAMO» écrit en grandes lettres majuscules. C'était une plaisanterie de Shawny, une référence au siège de l'armée texane par les Mexicains, comme si cette fameuse bataille allait être reconstituée dans Minecraft. Malheureusement, ils joueraient le rôle des Texans, pour qui l'histoire ne s'était pas très bien terminée.

Crafter donna des coups de poing dans la porte et supplia qu'on les laisse entrer. Pendant ce temps, Gameknight fit volte-face pour affronter leurs poursuivants. Les monstres avaient cessé de courir et se rapprochaient lentement, comme s'ils voulaient profiter de l'instant. N'allaient-ils pas enfin détruire le dernier utilisateur de ce serveur? Gameknight avisa les Endermen, à l'arrière; un nuage de poussière violette enveloppait les créatures sombres. Un nouvel Enderman se matérialisa au milieu de la horde monstrueuse. Celui-ci était un peu plus grand que les autres et se caractérisait par sa couleur rouge foncé et non pas noire. C'était Erebus, et son regard brûlait de haine. Gameknight l'entendit ricaner. Et puis, soudain, sa voix tonna et couvrit les bruissements des créatures, prononçant cet ordre simple que tous les monstres attendaient avec impatience:

—À L'ATTAQUE!

Les créatures chargèrent, les yeux brûlant d'une soif de mort. Crafter et Gameknight dégainèrent leur épée et se préparèrent.

14

L'appât

Subitement, la porte de fer s'entrouvrit, laissant apparaître un visage familier. Shawny les regarda en souriant d'un air malicieux.

— Salut, vous deux. Bon, vous voulez entrer, oui ou non ?

— Shawny ! s'écria Gameknight avant d'attraper Crafter, de le pousser à l'intérieur et de l'y rejoindre, tandis que la lourde porte claquait dans leur dos.

À l'extérieur, les gémissements et les grognements de frustration et de haine redoublèrent d'intensité. Les zombies se jetèrent sur la porte en fer et se mirent aussitôt à la marteler de leurs poings nus en espérant en venir à bout.

—Où étais-tu passé ? demanda Gameknight en s'enfonçant dans le tunnel sombre.

—Eh bien, j'étais là, répondit Shawny. J'attendais que tu viennes accompagnés de tous ces monstres. Il faut qu'ils soient tous très en colère pour que notre plan fonctionne.

—Tout est prêt, alors ? s'enquit Crafter en essayant de reprendre son souffle, le front couvert de perles de sueur.

—Bien sûr, confirma Shawny. J'avoue qu'il n'a pas été facile de persuader les autres utilisateurs de nous venir en aide. Pas mal de gens t'en veulent, Gameknight. Tu n'as pas beaucoup de fans.

Gameknight baissa les yeux, honteux pour la première fois de sa vie. Il regarda son ami – son seul ami, peut-être – et il se félicita de sa présence. Au-dessus de la tête de Shawny, il avisa le fil argenté qui, transperçant le plafond, le reliait au serveur. Et puis il y avait son nom d'utilisateur, qui flottait dans les airs et brillait faiblement dans le tunnel à peine éclairé.

— Je sais, dit-il, solennel. Je ne me suis pas très bien comporté avec les autres.

— Pas très bien comporté ? répété Shawny. Tu veux dire que tu leur as pourri la vie.

— Oui, c'est vrai. Je ne respectais personne, j'étais grossier, je faisais du mal aux gens pour m'amuser. Je ne pensais qu'à moi, à mes intérêts, soupira-t-il. À la place de ces utilisateurs, je ne serais pas venu me prêter main-forte, c'est certain. À ta place non plus, Shawny. Je te remercie.

Shawny lui lança un regard étonné.

— Eh ben ! je n'aurais pas cru entendre ça un jour, dit-il avec un sourire en coin.

— Hein ?

— Tu m'as remercié !

Gameknight tapota le dos de son ami, avant d'être brutalement ramené à la réalité par les cris des Endermen qui résonnaient dans le tunnel.

— Dépêchez-vous, lança Shawny. Il faut atteindre la grotte avant qu'ils réussissent à forcer l'entrée. Les Endermen ne seront pas longs à arracher les blocs de terre qui entourent la porte. Alors, ils déferleront dans le tunnel.

Shawny guida le duo dans les profondeurs du tunnel faiblement éclairé par quelques torches. Le passage s'enfonçait dans le tissu de Minecraft, serpentant légèrement. La température baissait régulièrement. À certains endroits, le boyau était large de trois ou quatre blocs, à d'autres d'un bloc seulement, obligeant les trois personnages à marcher en file indienne.

— Il faut que je vous dise…, reprit Shawny d'un ton sérieux inhabituel chez lui. Quelque chose ne tourne pas rond dans Minecraft.

— C'est-à-dire ? demanda Gameknight.

— Il y a un souci avec le processus de réapparition.

— La réapparition ?

— Quand on meurt, on ne réapparaît pas, expliqua Shawny. On est fichu à la porte du serveur sans pouvoir se reconnecter, comme si on était banni. Pas d'un seul serveur – de tous les serveurs. Le jeu cesse de fonctionner correctement, et on ne peut plus se connecter. Sur Internet, tous les utilisateurs en parlent.

— Le marteau du bannissement apparaît à l'écran? demanda Gameknight.

— Non, on ne peut pas se connecter, c'est tout. Les serveurs sont bien listés, mais restent inaccessibles. Tous les utilisateurs présents ici sont au courant; s'ils meurent ici, ils ne pourront pas se reconnecter dans Minecraft. Si on meurt tous, tu te retrouveras tout seul.

— C'est encourageant, dit Gameknight, sarcastique.

— C'est une guerre, commenta Crafter, tandis que le vacarme de la horde monstrueuse ajoutait de la tension à leur fuite. Les créatures ont accumulé assez d'XP pour déstabiliser ce monde et changer les mécanismes de contrôle du serveur. Ils se préparent à passer au plan supérieur, à se rapprocher de la Source. Ils ont besoin de cette bataille pour finir de détruire ce serveur et poursuivre leur ascension.

— Qu'arrivera-t-il si tu meurs? demanda Shawny avec inquiétude.

—Je ne sais pas, mais ça fait mal, répondit Gameknight en se remémorant la première attaque d'araignée qu'il avait essuyée. Les coups portés par les monstres font mal, exactement comme s'ils étaient réels. Je n'ai pas envie de savoir quel effet ça fait de mourir ici ; il y a de fortes chances pour que ce soit très déplaisant... J'ignore ce qui arriverait. Il se peut que je réapparaisse, que je sois éjecté du jeu et que je me retrouve dans ma cave, ou bien...

—Ou bien quoi ? l'encouragea Shawny dans un quasi-murmure, tandis que les frottements de leurs pieds sur le sol rocheux emplissaient le tunnel d'échos étouffés.

—Ou bien je meurs pour de vrai.

À ce moment-là, ils débouchèrent dans une vaste salle inondée de lave. Au centre du lac de roche en fusion était visible une île de pierre et de sable. Une odeur de soufre assaillit aussitôt leurs narines, tandis que la chaleur intense de la lave les frappait en plein visage, les faisant reculer d'un pas. Les dimensions de la caverne impressionnèrent Gameknight. L'îlot central aurait pu accueillir un millier de personnes, mais ce n'était rien comparé à l'énorme volume de roche fondue qui l'entourait, en un lac s'étirant au loin et occupant le moindre recoin d'une salle souterraine aux dimensions colossales. Les parois et le plafond grossièrement taillés étaient clairement l'œuvre d'utilisateurs qui, armés de leurs pioches, avaient creusé cette caverne géante dans la chair de Minecraft pour cette bataille finale. Des tunnels étaient visibles dans le fond de la salle, chacun taillé par une armée d'utilisateurs, éclairés par des torches. Gameknight ne savait pas où ils conduisaient, mais leur présence avait quelque chose de rassurant.

La salle était ceinte de torches disposées à quatre blocs de hauteur et plantées tous les cinq blocs. La lumière qu'elles dispensaient était bien faible comparée aux rougeoiements de la lave ; leur présence devait dater des dantesques travaux d'excavation, supposa Gameknight. Des escaliers étroits taillés dans la roche permettaient de descendre dans le fond de la caverne et d'atteindre le pont qui enjambait le lac bouillonnant, donnant accès à l'île centrale. De l'autre côté de celle-ci se trouvait un autre pont, identique au premier. Il y avait donc un pont pour accéder à l'île et un autre pour s'en échapper. Sur la rive opposée du lac de roche en fusion, Gameknight avisa un genre de rebord large d'une dizaine de blocs, qui aurait pu accueillir une petite centaine de défenseurs. En théorie du moins, car il n'y avait personne pour le moment.

—Où sont-ils? demanda Crafter d'une voix qui trahissait sa peur.

—Ils ont promis de venir, répondit Shawny d'un ton incertain.

Les grognements des monstres résonnaient dans le tunnel, derrière eux. Gameknight avait l'impression de sentir leur haine et leur nature malfaisante. Il avait peur.

—Vite, traversons le pont! lança Shawny en s'élançant par-dessus la mer de lave.

Les trois compagnons traversèrent le pont en pierre et se retrouvèrent sur l'île centrale. Des cendres incandescentes et des étincelles sautillaient autour d'eux, tandis que la roche fondue éclairait l'île aussi bien que l'astre du jour.

—Comment va-t-on faire? demanda Gameknight. On ne pourra pas tenir ce pont à trois seulement.

—Il ne s'agira pas de tenir le pont, mais de les attirer sur l'île. Après, on aura une petite surprise pour eux.

Soudain, le vacarme de la horde monstrueuse résonna dans la caverne, comme zombies, squelettes blancs, araignées bleues et slimes vert phosphorescent apparaissaient à la sortie du tunnel que le trio avait emprunté plus tôt. Un frisson parcourut l'échine de Gameknight. Il avait peur – non, il était terrifié. *Ils sont si nombreux. De centaines, peut-être des milliers. On ne peut pas y arriver. On ne survivra pas. Si seulement je n'avais pas été si égoïste, si arrogant, si irrespectueux, si…*

Soudain, quelqu'un se matérialisa sans un bruit à côté de lui. Un utilisateur. Gameknight vit des lettres flotter au-dessus de sa tête et un fil argenté transpercer la voûte de la caverne comme si elle était immatérielle. Il s'agissait de Disko42, le célèbre maître de la redstone. Puis un autre utilisateur apparut, lui aussi relié au serveur par un fil argenté : PaulSeerSr. Quelques instants plus tard, l'île était submergée d'utilisateurs venus de nulle part, l'épée à la main. Certains disposaient d'une armure en diamant, d'autres étaient enveloppés d'un chatoiement magique, d'autres encore ne possédaient que des accessoires en fer, mais tous étaient prêts à se battre. Ils étaient entre trente et quarante et, à leur vue, les monstres qui se pressaient à la sortie du tunnel se figèrent, hésitants. De nouveaux combattants ne cessaient d'apparaître – certains sur l'île, d'autres sur le rebord qui la surplombait. Leur détermination était évidente.

Les utilisateurs étaient prêts à se lancer dans la bataille.

Gameknight embrassa l'îlot du regard et fut stupéfait par le niveau des joueurs présents. Il y avait là AntPoison, SkyKid, HoneyDon't, Zefus, Sin, Pips, SgtSprinkles… Les joueurs les plus expérimentés, les plus importants. Il se sentit soudain tout petit, honoré.

— Merci à vous tous d'être venus m'aider ! s'écria-t-il pour se faire entendre.

Certains rirent sous cape.

— Nous ne sommes pas venus pour toi, Gameknight, gronda quelqu'un à sa gauche.

— Ouais, on est venus parce que Minecraft débloque grave ! enchérit un autre.

— Et à cause de Shawny, ajouta AntPoison, à côté de lui. Il a dit que c'était très important et que quelqu'un avait besoin d'aide. Il n'a pas précisé qu'il s'agissait du *grand* Gameknight999, ajouta-t-il, sarcastique.

Nombreux étaient ceux à grogner leur mécontentement, car l'idée de venir en aide au plus grand vandale de Minecraft ne plaisait pas à grand monde.

— Écoutez, les monstres essaient de s'emparer de Minecraft, et nous nous devons de les arrêter ! expliqua Gameknight. Il ne s'agit pas du tout de moi. Il faut sauver Minecraft, ou bien les monstres trouveront le chemin du monde physique.

Certains lâchèrent des rires étouffés, mais la plupart étaient silencieux et fixaient un regard noir sur Gameknight.

—Je comprends vos rires et votre incrédulité, mais les enjeux dépassent de loin votre jeu stupide, lança Crafter.

Les utilisateurs furent choqués d'entendre le PNJ parler et encore plus choqués de le voir une épée dans la main.

—Les PNJ de Minecraft sont vivants, comme moi, poursuivit Crafter. Nous avons une conscience, nous avons une fierté, nous aimons la vie. Nous avons des espoirs, des rêves. Vous autres, utilisateurs, vandales et autres trolls, vous traitez les PNJ comme des objets. J'ai un scoop pour vous : NOUS AVONS MAL ! Nous sommes désespérés quand vous tuez nos femmes et nos enfants. Nous sommes tristes quand vous détruisez nos foyers par simple négligence ou par jeu. En ce moment même, les PNJ combattent les monstres sur ce serveur, ils risquent leur vie pour sauver ce monde et le vôtre.

» Il y a des serveurs, au-dessus de celui-ci, qui sont plus proches de la Source. Les monstres, les zombies, les squelettes, les Endermen et les creepers y sont fort puissants et sont obsédés par la destruction de tous les serveurs jusqu'à la Source. Quand celle-ci tombera, ce sera la fin ; les hordes déferleront dans votre monde physique.

Crafter se tourna vers les combattants massés sur l'île et fixa sur eux un regard noir en les désignant d'un doigt accusateur.

— Continuez à rire et à vous moquer de Gameknight et moi si vous le voulez, mais vous repenserez à ce moment quand il sera trop tard, à cette occasion manquée d'arrêter cette vague de destruction. Quand les creepers débarqueront chez vous, qu'ils feront exploser vos murs pour laisser déferler les zombies et les araignées dans vos chambres à coucher, vous repenserez au fait que vous aviez l'occasion de faire la différence, mais qu'au lieu de vous battre vous avez préféré rire. À la fin, ce sont les rires obscènes des zombies que vous entendrez quand ils mordront dans votre chair mortelle et que les araignées déchireront de leurs griffes les draps dans lesquels vous dormez. Oui, vous repenserez à ce moment et vous désespérerez.

— Il a raison, acquiesça Shawny. J'ai vu ce qui se passe ici, et il ne s'agit pas uniquement de nous. Il faut arrêter cette horde ici, sinon, qui peut dire ce qui adviendra ?

Les utilisateurs écoutèrent Crafter et Shawny, soupesèrent leurs paroles, puis discutèrent entre eux. Certains lancèrent des regards assassins à Gameknight. Pendant ce temps, les monstres tenaient leurs positions de l'autre côté du pont, se demandant quoi faire. Finalement, la voix de Honey-Don't s'éleva au-dessus de celle des autres. Sa voix était normalement drôle et idiote, mais le sérieux de son propos attira l'attention de tous.

— Nous avons discuté et nous avons pris la décision de vous venir en aide, mais pas pour Gameknight. Pour Minecraft. Nous sommes tous conscients qu'il se passe quelque chose sur les serveurs. Alors, si cette bataille doit nous aider, ne perdons pas de temps.

Gameknight poussa un soupir de soulagement. La présence de ces utilisateurs pouvait faire pencher la balance de leur côté. Avec un peu de chance…

— Merci à vous tous, lança Gameknight.

Il fit face à la horde, brandit son épée et se prépara à combattre. Cependant, les monstres restaient immobiles à l'entrée de la caverne, sentant qu'on leur avait tendu un piège.

— Pourquoi n'attaquent-ils pas ? demanda Shawny.

— Ils soupçonnent quelque chose, murmura Crafter. Nous devons les attirer sur cette île.

— Comment ? s'enquit HoneyDon't. Peut-être qu'en leur proposant des PiM's…

Son rire résonna dans toute la caverne.

— Ne sois pas bête, le réprimanda Zefus en lui donnant un coup de coude. Qu'est-ce qu'on pourrait faire ?

— Il faut les attirer vers nous, chuchota Crafter, mais comment ?

—Comme ça, répondit Gameknight en sortant du rang et en s'avançant vers les monstres. EREBUS, MONTREZ-VOUS!

Rien ne se produisit. Gameknight marcha jusqu'au pont de pierre sous le regard haineux des monstres, dont les gémissements et les grognements emplissaient l'atmosphère.

—EREBUS, MONTREZ-VOUS OU BIEN VOUS SEREZ CONSIDÉRÉ COMME LE PLUS LÂCHE DE TOUS LES ENDERMEN DE MINECRAFT!

En entendant cette insulte, les zombies cessèrent de gémir et les slimes de rebondir. Ils étaient choqués par son audace. Soudain, une créature rouge foncé se matérialisa de l'autre côté du pont au milieu d'un nuage violet. C'était Erebus, le chef des hordes monstrueuses de ce serveur. L'Enderman fixa son regard blanc et assassin sur Gameknight. Il était furieux. Gameknight baissa aussitôt la tête.

—Qu'as-tu osé dire, Utilisateur-qui-n'en-est-pas-un? couina Erebus de sa voix désagréable et haut perchée. Tu veux discuter avec moi? Viens donc. Viens!

—Je n'ai rien à vous dire. Vous me faites pitié, vous et vos animaux de compagnie. Votre lâcheté deviendra légendaire sur tous les serveurs de Minecraft. Un millier de monstres contre quelques dizaines d'utilisateurs… C'est pathétique !

Des grondements s'élevèrent dans les rangs d'Erebus. Les zombies semblaient les plus mécontents de tous. Certains firent quelques pas en direction du pont, souhaitant en découdre, mais Erebus les stoppa en levant un long bras, sa haute silhouette sombre bloquant l'entrée du pont.

—Ha ha ! rit Gameknight. Vous contrôlez à peine vos propres troupes. Vous êtes pitoyable. Déjà, au village, vous n'avez pas été à la hauteur, mais ici c'est encore pire. Vous faites bien de rester en dehors de cette bataille. Enfin, votre mort ne serait pas une grande perte pour ce monde. Un simple cafard écrasé de plus.

Il voyait l'Enderman commencer à trembler et ses yeux virer au rouge.

—Vous autres, Endermen, n'êtes que des voleurs. Vous prenez un bloc de pierre ici, un peu de sable là.

C'est ça votre seule compétence ? Vous ne servez à rien, et vos animaux non plus. Vous êtes tous ridicules, des erreurs de programmation. De toute façon, vous n'irez pas plus loin ; je vous l'interdis.

Gameknight traça une ligne par terre à l'aide de son épée en diamant, une frontière.

—Vous avez terrorisé des villages entiers aux quatre coins de ce serveur, vous avez pris la vie de nombreux PNJ et d'utilisateurs sans autre but que l'assouvissement de votre soif de mort... Eh bien, je vous interdis de faire davantage de mal. Vous ne franchirez pas cette ligne ! Pour le faire, vous devrez me passer sur le corps, mais je doute que vous soyez assez forts ou assez courageux pour tenter votre chance.

Erebus était sur le point d'exploser. Ses tremblements étaient désormais parfaitement visibles.

L'air sérieux, Gameknight emplit sa bouche de salive et cracha en direction du monstre, avant d'éclater d'un rire méprisant et irrespectueux qui se réverbéra longuement dans la salle souterraine.

Ce fut la goutte d'eau qui fit déborder le vase. Le bouchon qui contenait les monstres dans le tunnel, à l'entrée de la caverne, sauta brusquement. Ce fut un véritable tsunami. Les créatures chargèrent les utilisateurs, obsédés par une idée unique et simplissime : tuer. Gameknight prit son arc et tira sur la vague de mort, tuant un zombie, puis une araignée bleue, puis un squelette. Alors des mains puissantes l'agrippèrent et l'entraînèrent vers le cœur de l'île, ce qui ne l'empêcha pas de continuer à tirer. Se tournant d'un côté puis de l'autre, il avisa Shawny et SkyKid. Les deux utilisateurs le lâchèrent et dégainèrent leur épée.

— N'oubliez pas le plan ! cria Shawny avant de faire face à la horde qui fonçait vers eux.

Gameknight décocha une nouvelle flèche, puis se positionna à l'avant du groupe d'utilisateurs. Des milliers d'yeux monstrueux étaient rivés sur lui. À sa grande surprise, il n'avait pas peur. Pour la première fois, il n'agissait pas dans son intérêt propre, et cela lui faisait du bien. Avec un peu de chance, son enthousiasme ne faillirait pas lorsque les crocs et les griffes des monstres mordraient dans sa chair. Lâchant un soupir, Gameknight campa sur ses positions et attendit l'assaut.

15

Le piège

La horde s'engouffra sur le pont en pierre avec une seule idée en tête : tuer Gameknight999. Dans la bousculade, nombre de monstres tombèrent de l'étroite passerelle et furent avalés par le lac de roche en fusion qui entourait l'île. Mais cela ne faisait aucune différence pour les utilisateurs, quelques ennemis en moins ne changeant pas l'équilibre des forces en présence.

Les défenseurs bandèrent leurs arcs. L'arme magique de Gameknight chantait littéralement, comme sa corde vibrait après chaque flèche, résonnant avec les arcs des tireurs voisins en un bruit comparable à celui d'un orchestre qui s'accorde. Les armes chantaient presque, générant des harmonies légèrement dissonantes. Gameknight tira dans la tête d'un zombie, puis sur une araignée bleue, puis sur un squelette. Malheureusement, il n'était pas assez rapide pour tuer toutes les cibles qui se présentaient devant lui. Une flèche rebondit sur son armure, cadeau d'un squelette. Gameknight continua à tirer comme si de rien n'était.

—Visez en priorité les araignées! cria Shawny.

Le venin des araignées bleues était mortel. Le seul antidote efficace contre ses effets était le lait, et personne n'avait pensé à en apporter sur le champ de bataille. Cousines plus petites des araignées communes de Minecraft, elles étaient particulièrement féroces et pullulaient sous terre. Les créatures menaient la charge sur l'étroit pont en pierre, leur abdomen bleu foncé juché sur huit pattes courtaudes et poilues. Les archers se concentrèrent sur ces monstres effrayants, décochant flèche après flèche jusqu'à ce que, en un rien de temps, ils aient tous été transformés en pelotes à épingles, des dizaines d'ailerons en plumes dépassant de leur corps. Soudain, toutes les araignées disparurent.

Une flèche frôla l'épaule de Gameknight et toucha l'utilisateur qui se trouvait derrière lui.

—Maintenant, les squelettes! lança Shawny comme les monstres se rapprochaient. Il faut descendre tous leurs archers!

Quelques zombies jouaient des coudes au premier rang, presque à portée des défenseurs, dont les arcs étaient quasi inutilisables à cette distance. Dégainant son épée, Gameknight se jeta dans la mêlée.

—POUR MINECRAFT! hurla-t-il, et son cri de guerre se réverbéra sur les parois de la caverne.

Gameknight arriva devant un premier zombie, qu'il frappa aussitôt à la tête. Trois coups suffirent à en venir à bout. Continuant à décrire des moulinets avec le bras, il remarqua que les créatures essayaient de l'encercler, de l'emprisonner dans leurs longs bras verts. Soudain, des utilisateurs apparurent à ses côtés; il y avait Disko42 à sa droite et PaulSeerSr à sa gauche, chacun armé d'une épée en diamant enchantée. Puis Zefus. Leurs lames s'abattaient sur leurs adversaires, décrivant des arcs cobalt scintillants. Cependant, les zombies étaient trop nombreux pour que les quatre combattants puissent tenir leur position.

— Replions-nous! cria PaulSeerSr.

— Non, battez-vous comme dans Wing Commander! rétorqua Gameknight en assenant un coup d'épée à un zombie à l'armure dorée. Frappez, fuyez! Frappez, fuyez! Suivez-moi!

Gameknight courut sur la gauche, suivi par les trois autres utilisateurs. Ensemble, ils traversèrent le champ de bataille, cognant sur toutes les cibles qui se présentaient devant eux, mais se contentant de les blesser. Lorsqu'ils eurent traversé l'île de part en part, ils se retournèrent et recommencèrent. Ce deuxième passage fut fatal aux zombies qui se trouvaient en première ligne, les lames des combattants les effaçant comme des dessins sur un tableau noir. La horde continuait néanmoins à avancer. À présent, des araignées communes prenaient place à l'avant, tandis que les slimes, plus lents, traversaient à peine le pont.

— Ça ne marche pas ! protesta Disko42. Il faut fuir cette île.

— Pas encore ! contra Gameknight en portant un coup fatal à une araignée, qui eut le temps de le toucher avant de disparaître pour de bon. Pas question de déclencher le piège tant que tous les monstres ne seront pas sur l'île !

— Dans ce cas, replions-nous pour leur faire de la place, proposa Zefus en réduisant, en deux coups de son épée brillante, un squelette en une pile d'ossements. Reculons vers l'autre pont.

— D'accord, acquiesça Gameknight.

Abandonnant la ligne de front, il courut rejoindre les archers et Shawny.

— Repliez-vous vers l'autre pont, leur ordonna-t-il. Les archers devront traverser le pont pendant que les autres protégeront leur retraite. Tiens-toi prêt avec la redstone.

Shawny acquiesça de la tête et donna quelques ordres. La moitié des archers traversèrent le pont surplombant la lave, les autres dégainèrent leur épée et chargèrent la horde. Gameknight vit HoneyDon't se diriger vers un levier serti dans la paroi de la caverne, où il attendrait le signal pour actionner le mécanisme. Il s'agirait de la première moitié de la petite surprise qu'ils avaient réservée aux monstres.

— Frères d'armes, en avant! hurla Gameknight en brandissant vers le ciel son épée scintillante. POUR MINECRAFT!!!

Les guerriers obtempérèrent, joignant leur voix à la sienne. À sa grande surprise, il vit que Crafter se tenait à ses côtés, et coupait en deux des monstres à l'aide d'une simple épée en fer.

— Que faites-vous ici? cria Gameknight. Traversez le pont, vous serez plus en sécurité de l'autre côté.

— Nos destins sont mêlés, répondit Crafter. Je reste avec vous.

Une araignée bondit sur le duo, dont les épées tintèrent simultanément en frappant la bête poilue. Crafter et Gameknight traversèrent le champ de bataille dans tous les sens tel un tourbillon de mort. Ils se couvraient tour à tour. On aurait dit un ballet chorégraphié et gracieux, ballet néanmoins rendu effrayant par les innombrables serres et crocs qui tentaient de les atteindre, de séparer leur chair de leurs os. Comme ils effectuaient leur deuxième passage, Gameknight remarqua que la plupart des monstres étaient désormais sur l'île, à l'exception des creepers qui attendaient, groupés, devant le pont, et des Endermen restés à la sortie du tunnel. Gameknight sentait la colère et la haine des créatures ; leur désir ardent de le tuer résonnait bizarrement dans son esprit. Tout ce mal focalisé sur lui lui faisait un drôle d'effet, mais il devait en faire abstraction pour ne pas se laisser submerger. Ravalant sa peur – non, sa terreur –, il chercha son ami Shawny du regard et le trouva sur le flanc gauche de l'attaque, où son épée découpait des slimes en deux avant de transpercer les plus petits morceaux, qui continuaient à rebondir partout. Gameknight parvint à se rapprocher de lui, désigna les creepers de la pointe de son épée, puis montra l'ensemble des monstres.

— C'est le moment ! cria-t-il à son ami.

Shawny hocha la tête et se tourna vers HoneyDon't, prêt à transmettre l'ordre de Gameknight. La main pixellisée de HoneyDon't se trouvait déjà sur levier. Soudain, un Enderman se matérialisa à côté de lui, tendit un long bras sombre et fit disparaître le bloc de terre dans lequel était fiché le levier. Le mécanisme tomba par terre, tout comme la redstone placée juste derrière. Le levier flotta momentanément au-dessus de la pierre, avant de glisser dans la lave. Un autre Enderman apparut, qui escamota d'autres blocs de terre en partant d'un rire maniaque qui terrorisa les combattants. Puis le monstre disparut dans un nuage de particules violettes, laissant dans son sillage de la redstone flottant au-dessus du sol.

— La redstone! cria HoneyDon't à Shawny avec son flegme britannique. Elle est détruite!

Shawny traversa le pont en courant, se faufila entre les archers alignés sur le rebord étroit et arriva à côté de HoneyDon't. En effet, le circuit de redstone était anéanti.

— Quelqu'un aurait-il un autre levier? demanda-t-il.

Non, personne n'en avait.

— Il faut leur retirer toute possibilité de retraite, il faut détruire le premier pont, affirma Shawny sans parvenir à dissimuler sa peur.

Ils savaient tous que, si les monstres s'échappaient, cette bataille devrait se rejouer à un autre moment, ailleurs sur ce serveur. À condition bien sûr que les utilisateurs sortent vivants de celle-ci.

Shawny retourna sur l'île et appela son ami. S'extirpant de la ligne de front, Gameknight et Crafter le rejoignirent. Tous les deux avaient l'armure éraflée et bosselée du fait des coups qu'ils avaient reçus.

— Le levier de commande du système de destruction du premier pont est détruit, leur expliqua-t-il. On ne peut plus couper leur retraite. Rien ne les empêchera de s'échapper. Notre plan a échoué.

Shawny baissa la tête et s'abîma dans la contemplation du sol, défait. À ce moment précis, une flèche siffla au-dessus de sa tête, le manquant de quelques centimètres. Gameknight se tourna vers le premier pont, puis embrassa du regard le champ de bataille. L'île rocheuse était jonchée d'armes et d'armures abandonnées par les victimes. Les monstres avançaient inexorablement, repoussant leurs combattants vers l'extrémité opposée de l'île. Depuis le rebord qui surplombait la ligne de front, les archers faisaient pleuvoir une pluie de flèches sur les créatures, réduisant constamment leurs nombres. Toutefois, il y en avait tellement que l'issue de la bataille ne semblait faire aucun doute.

—Si on ne détruit pas ce pont, le plan ne marchera jamais, dit solennellement Gameknight. Vous devriez vous replier. Empruntez les tunnels du fond et fuyez, vite!

Le goût de la défaite était amer dans sa bouche. Ils avaient perdu – il avait échoué. Ce monde serait détruit, et les monstres réussiraient à se rapprocher de la Source, de sa famille, de sa petite sœur. Qu'avait-il fait? Si seulement ils avaient été plus nombreux. Si seulement il n'avait pas joué des sales tours aux autres utilisateurs, peut-être que… peut-être… C'est alors que le rire perçant et glacial d'Erebus résonna dans la caverne. Faisant volte-face, Gameknight plongea son regard dans celui du monstre, de l'autre côté de la salle souterraine. Erebus affichait un sourire étrange, plein de dents, tel un serpent s'apprêtant à attaquer. Puis il rit de nouveau, et tout espoir quitta définitivement Gameknight.

16

LE SENS DU SACRIFICE

—Non! cria Crafter. Je refuse la défaite! Nous n'abandonnerons pas! Trop de gens comptent sur nous! La défaite est impossible! ajouta-t-il en haussant le ton pour se faire entendre de tous les utilisateurs. MINECRAFT!

Son cri de guerre se réverbéra dans la caverne comme le tonnerre, surprenant les monstres.

Alors Crafter fit quelque chose d'incroyable. Il y eut d'ailleurs une pause dans la bataille; assaillants et défenseurs cessèrent d'échanger des coups pour assister à la scène. Crafter courut à travers la ligne de front, traversant l'île grouillant de monstres, bousculant araignées, zombies et slimes pour atteindre son extrémité. Fendant littéralement les rangs ennemis, pourtant fort de centaines de créatures, il s'engagea sur le premier pont encombré de creepers, qu'il entreprit de frapper à grands coups d'épée rageurs. Un des monstres se mit à siffler et à clignoter. L'explosion était imminente. Puis Crafter en frappa un autre, et encore un autre, si bien qu'à la fin presque une dizaine de créatures clignotaient dangereusement et viraient au rouge. Soudain, les creepers explosèrent en faisant voler des blocs alentour, détruisant le pont et révélant les charges de TNT dissimulées en dessous. Les blocs rouge et noir clignotèrent aussi, avant d'exploser à leur tour, produisant une sphère de destruction encore plus impressionnante que la première, oblitérant la totalité du pont ainsi que tous ceux qui se trouvaient dessus, dont Crafter. Les monstres étaient désormais prisonniers de l'île, sans possibilité de retraite.

—Non! hurla Gameknight en voyant le corps de son ami projeté dans les airs au milieu d'une nuée d'XP abandonnés par les creepers morts, l'armure déchiquetée, le corps meurtri, sans protection.

Gameknight avait l'impression que tout arrivait au ralenti – le corps de son ami projeté dans les airs, les boules brillantes d'XP l'enveloppant dans un tourbillon de couleurs, tandis que ses cheveux gris voletaient dans son dos tel un étendard argenté. Les muscles tendus, le souffle court, le cœur martelant sa cage thoracique, Gameknight croisa le regard d'un Crafter porté par le souffle de l'explosion. Un masque de tristesse infini et de terreur couvrit le visage de l'utilisateur. Son ami était en train de mourir. Son cri résonna dans la caverne.

—Crafter! CRAFTER!!!

Alors Crafter fit quelque chose que Gameknight n'oublierait jamais : il sourit. Le vieux PNJ arbora un air satisfait, tandis que ses PV déclinaient. Gameknight comprit qu'il était en train de murmurer cette mélodie qu'il semblait tant apprécier, alors même qu'il était sur le point de rendre son dernier souffle. Puis le PNJ ferma les yeux et disparut.

Crafter était mort.

Gameknight mit un genou à terre, submergé par la tristesse. Une douleur comme il n'en avait jamais ressenti enfla dans son âme. Pire encore que les serres noires des araignées ou que les ongles effilés comme des lames de rasoir des zombies, cette souffrance englobait tous les aspects de son être ; son corps et son esprit pleuraient de désespoir. Son regard était plongé dans celui de Crafter lorsque le PNJ était passé de vie à trépas. Il l'avait vu sourire, satisfait, et c'était une image qu'il n'oublierait jamais.

Quelqu'un l'agrippa par-derrière et le força à quitter l'île ; il n'aurait su dire qui, tant son chagrin était fort, pareil à une tempête qui le secouait violemment. Peut-être était-ce Zefus ou bien Sin, mais cela n'avait aucune importance. Soudain, Shawny apparut à ses côtés.

—Crafter est mort… mon ami, mort…, parvint-il à articuler comme des larmes cubiques coulaient sur ses joues. Pourquoi a-t-il fait ça? Pourquoi Crafter s'est-il sacrifié? Il n'avait aucune chance de survivre et il le savait.

— Je l'ignore, répondit Shawny, solennel. Peut-être pensait-il pouvoir tuer tous les creepers sans mourir lui-même.

— Mais pourquoi? Il savait, j'en suis certain. Comment a-t-il pu…?

Il comprenait. Crafter s'était sacrifié parce qu'il aimait sa famille, ses amis, son village… Minecraft. Il s'était sacrifié parce que les gens qu'il aimait comptaient plus pour lui que sa propre existence. Crafter avait fait face aux creepers car il avait une chance de sauver ce qui lui était cher. Un sentiment de fierté envahit Gameknight à la pensée qu'une personne aussi noble et brave ait été son ami, ce qui lui redonna force et courage.

— Votre sacrifice ne sera pas vain, Crafter, dit-il à voix haute à personne et tout le monde à la fois. Je ne vous laisserai pas tomber.

Dégainant son épée de diamant scintillante, Gameknight fit face à l'ennemi. La horde monstrueuse essayait de traverser le second pont, situé derrière l'île. Les combattants s'efforçaient de les en empêcher, mais commençaient à faiblir. Les archers qui surplombaient le champ de bataille soutenaient les guerriers qui se battaient au sol, faisant pleuvoir des flèches sur les créatures, mais le combat était en train de tourner en leur défaveur. La vague de monstres était trop importante; quand une créature tombait, deux autres prenaient aussitôt sa place. Cependant, les utilisateurs leur réservaient encore une surprise de taille.

— Préparez-vous à actionner le commutateur! cria Shawny par-dessus son épaule.

Gameknight se retourna et vit AntPoison, la main posée sur un autre levier de redstone. Soudain, un Enderman se téléporta à côté de lui dans un nuage de particules violettes. La créature sombre poussa l'utilisateur vêtu d'une armure en diamant dans la lave, puis s'empara du bloc de terre sur lequel reposait le levier, qui bascula également dans le lac de roche en fusion. Les utilisateurs se ruèrent sur le monstre en décrivant de grands moulinets avec leur épée, mais celui-ci se contenta de se téléporter ailleurs en faisant résonner dans toute la grotte un rire dément. Leur dernier piège – leur dernier espoir – venait de s'envoler.

— Qu'est-ce qu'on va faire ? demanda Shawny d'une voix tremblotante.

Pour la première fois, l'ami de Gameknight semblait réellement désemparé ; sa confiance s'était évanouie. Ce sentiment se propagea rapidement chez les autres utilisateurs, qui jetaient de plus en plus souvent des regards en direction des tunnels qui conduisaient à la surface. À la défaite aussi. Quelques guerriers prirent leurs jambes à leur cou.

— Non, nous n'avons pas le droit de fuir ! cria Gameknight. Nous devons combattre !

— Pour quoi faire ? demanda quelqu'un. Pour être banni de Minecraft pour toujours, alors qu'il nous suffit de trouver un endroit calme d'où nous pourrons nous déconnecter ?

— Ouais, pourquoi est-ce qu'on anéantirait nos chances de rejouer à ce jeu ? se plaignit un autre.

— Vous ne comprenez rien ! hurla Gameknight de toutes ses forces. Il ne s'agit pas uniquement d'un programme informatique ! Les habitants de Minecraft sont vivants et ont souffert pour que nous puissions jouer à ce jeu stupide. Il est temps de leur rendre la pareille, de faire quelque chose pour eux.

Quelqu'un, à côté de lui, éclata de rire.

— Ha ha ! Gameknight999 qui fait quelque chose pour les autres, la bonne blague ! se moqua SkyKid en rangeant son épée dans son fourreau et en reculant lentement vers le fond de la caverne et les tunnels de sortie. En plus, on ne peut pas combattre autant de monstres et survivre ; ce serait du suicide. On leur a tendu un piège, et ça n'a pas marché. Qu'est-ce que tu comptes faire, maintenant ? Réparer ce levier par magie et détruire tous les monstres ? Comment comptes-tu t'y prendre ? Tu vas te jeter dans la mêlée, dans cette forêt de griffes et de dents pour te faire réduire en pièces ?

Le silence s'installa. Les combattants firent une pause pour écouter l'échange, même Erebus, qui se tenait désormais devant son armée. L'Enderman éclata d'un rire glacial.

— Oui, Utilisateur-qui-n'en-est-pas-un, que comptes-tu faire ? demanda Erebus d'une voix haut perchée menaçante, le regard brûlant au milieu de son visage rouge foncé.

La défaite l'enveloppait comme un linceul et lui laissait un goût amer dans la bouche. Il avait trahi les attentes de Crafter, de Digger, de la petite fille… Il n'avait pas été à la hauteur. Lentement, Gameknight baissa la tête tandis qu'un sentiment de désespoir bouillonnait en lui tel un nuage d'orage, tandis que le glas de la défaite tintait dans son âme, le vidant de tout espoir. Erebus rit, et ses ricanements se réverbérèrent dans la caverne silencieuse. Alors, la mélodie guillerette que Crafter chantonnait constamment remonta à la surface de sa conscience, repoussant le rire dément d'Erebus. C'était un air joyeux, un hymne à la beauté de la vie, à la beauté de Minecraft, et ce chant redonna une bouffée d'espoir à Gameknight. À présent, il comprenait son ami et l'enthousiasme avec lequel il s'était lancé dans cette quête avec la volonté de donner sa vie pour son village. Soudain, tout devint clair dans l'esprit de Gameknight. Des images de Crafter, de son sourire joyeux et de son amour de la vie flottèrent devant ses yeux. Il savait ce qu'il devait faire et il n'avait plus peur.

Lentement, il rangea son épée. Erebus lâcha un rire de triomphe, bientôt imité par toute son armée, obligeant les utilisateurs à se boucher les oreilles. Shawny baissa la tête, tout comme ses camarades, un sentiment de défaite honteuse peint sur le visage. Certains se précipitèrent vers les tunnels à la recherche d'un endroit calme où se déconnecter sans risquer d'être attaqués. À la surprise générale, Gameknight se mit à chantonner un air joyeux, la chanson de Crafter, les notes harmonieuses transperçant les rires des monstres comme un couteau une motte de beurre.

Puis il se saisit de sa pioche en fer terne et la contempla longuement. L'outil était abîmé, usé, presque bon à jeter… comme lui. Relevant la tête, il plongea son regard dans celui, incandescent, d'Erebus et il sourit. Comme l'Utilisateur-qui-n'en-est-pas-un le provoquait, Erebus fut pris de tremblements de colère. Subitement, Gameknight se mit à courir vers le centre de l'île. Comme avec Crafter un peu plus tôt, les monstres furent choqués de le voir se jeter au cœur de la horde, bousculer araignées, zombies et Endermen – mais Gameknight n'avait plus peur de mettre en colère ni de provoquer personne. Il n'avait plus qu'une seule idée en tête : sauver Minecraft.

Arrivé au centre de l'île, il se mit à creuser un puits vertical, ce qui était la chose à ne pas faire dans Minecraft, une erreur de débutant, sauf qu'il savait déjà ce que dissimulait la couche de pierre : le salut de tous, mais pas le sien. Les monstres comprirent ce qu'il était en train de faire et se ruèrent sur lui comme un essaim de guêpes cherchant à le piquer avec leurs serres pointues, à le mordre avec leurs crocs acérés. Son corps tout entier se crispa de douleur comme les créatures taillaient dans sa chair. Son armure céda rapidement, les plaques de fer ne résistant pas longtemps à l'intensité de l'assaut. Alors il découvrit le véritable sens du mot souffrance. Attaqué de tous les côtés, Gameknight avait l'impression que ses nerfs étaient en feu, qu'ils lui criaient tous à l'unisson qu'il était sur le point de mourir. Mais il s'en moquait. Il n'avait plus qu'une idée en tête : creuser. Très vite, il fit voler en éclats les blocs de pierre et révéla le TNT dissimulé en dessous, ensemble de cubes rouge et noir reliés entre eux par un réseau complexe de redstone.

Jetant sa pioche, Gameknight produisit un silex et un morceau d'acier et commença à les frapper l'un contre l'autre. Il ne se rappelait plus comment il s'était procuré ce matériel, mais cela n'avait aucune d'importance. Des étincelles jaillirent et un bloc de TNT s'embrasa, se mettant à clignoter. Puis le feu se propagea d'un bloc à l'autre. Les monstres s'en aperçurent et cessèrent d'attaquer. Plus rien n'avait d'importance. Gameknight était assis sur la plus grosse bombe de Minecraft. Il serait bientôt mort, mais au moins les griffes et les dents avaient-elles cessé de mordre dans sa chair.

Le monde devint tout blanc comme l'explosion projetait l'utilisateur dans les airs, dans un nuage de blocs de pierre et de cadavres, son rire tonitruant ajoutant au vacarme. À présent, il comprenait totalement Crafter et son désir de servir les autres tout en se sacrifiant. *J'accomplis mon devoir.* D'autres blocs de TNT explosèrent dans une réaction en chaîne qui consuma l'île tout entière, permettant à la lave en fusion de s'infiltrer partout pour la grignoter et emporter les survivants. Tandis qu'il volait sous le plafond de la caverne, Gameknight vit Erebus heurter violemment la voûte, le regard brûlant de haine et de violence, puis s'évaporer dans un nuage de boules d'XP, tandis que ses PV tombaient à zéro. Le blanc de ses yeux fut, sembla-t-il à Gameknight, le dernier à disparaître définitivement de ce serveur. Les autres créatures moururent aussi, leurs XP ajoutant à la confusion. Nombre de ces petites boules lui tombèrent dessus, faisant augmenter ses XP de façon exponentielle. Gameknight rit de plus belle en voyant les monstres périr, tandis que les autres utilisateurs assistaient à la scène depuis la sortie de la caverne, choqués et incrédules.

Il avait réussi. Il avait sauvé ce serveur et toutes les créatures numériques que celui-ci abritait. Il avait enfin agi de façon totalement désintéressée, et il en concevait un intense sentiment de fierté. Davantage d'XP affluèrent en lui comme sa vie l'abandonnait. Si seulement on lui donnait la possibilité de continuer, il montrerait aux autres qu'il n'était pas un vulgaire vandale ni un troll... *Si seulement...* Mais les ténèbres s'emparèrent de lui et Gameknight999 mourut.

17

PLUS PRÈS DE LA SOURCE

GAMEKNIGHT SE RÉVEILLA LENTEMENT, l'esprit embrumé, comme si la réalité se mêlait à son rêve en train de se dissoudre – mais à quoi rêvait-il, justement ? *Une bataille… ? ou bien était-ce la réalité ?* Il se rappelait un bruit violent, une lumière intense, des créatures flottant tout autour de lui avant de disparaître en cédant la place à des sphères brillantes, à des boules colorées qui déferlaient sur lui, comme poussées par une puissante tempête. Et après les couleurs tourbillonnantes, les ténèbres accueillantes. Avant de se réveiller. Mais où était-il ?

Jetant un regard circulaire autour de lui, Gameknight avisa des arbres pixellisés dont les feuilles carrées se balançaient dans la brise – et des vaches, beaucoup de vaches, toutes identiques, dont la tête carrée et le corps rectangulaire allaient très bien avec le paysage.

Minecraft... Il était toujours dans Minecraft. Il poussa un soupir. Des souvenirs affluèrent dans son esprit : la bataille contre les monstres, Erebus, Shawny et les utilisateurs, Crafter... *Oh! non, Crafter...* La scène de la mort du PNJ défila en boucle devant ses yeux jusqu'à ce qu'il sente une larme dégouliner sur sa joue, tandis que son âme était submergée par une tristesse infinie. Son ami lui manquait terriblement.

Gameknight se leva et scruta les environs en essayant de dominer sa tristesse, de la contenir dans les profondeurs de son âme. Il constata qu'il se trouvait au milieu d'un paysage de collines basses sur lesquelles poussaient quelques chênes, dont les troncs tachetés se découpaient sur l'herbe verdoyante, quelques fleurs rouges et jaunes ajoutant une pointe de couleur à la scène. Oui, il était manifestement dans Minecraft ; il n'avait pas été déconnecté. Au moins n'était-il pas mort – c'était le bon côté des choses. Pas comme Crafter… Son ami lui manquerait… son sourire… sa chanson… sa joie de vivre…

— CRAFTER, TU N'ES PAS MORT EN VAIN ! cria-t-il à pleins poumons pour que tout le monde entende bien, alors qu'il n'y avait personne en vue. NOUS SOMMES SORTIS VAINQUEURS DE CETTE BATAILLE ET NOUS AVONS SAUVÉ TON MONDE !

— Je suis content de l'apprendre, dit une voix aiguë, au loin.

Gameknight se retourna vers et vit un jeune garçon, un villageois, qui approchait, les mains jointes sur la poitrine.

— Quoi ?

— Je disais que j'étais content de l'apprendre, répéta le jeune garçon.

— Qu'est-ce que tu racontes ?

— Ne savez-vous pas qui je suis ?

— Qu'est-ce que tu veux dire ? s'étonna Gameknight. Je te vois pour la première fois de ma vie.

Le garçon était petit – il lui arrivait à peine à la taille – et avait de longs cheveux blonds. Son sourire était franc, son visage carré et clair surplombé d'un unique sourcil foncé qui mettait en valeur ses yeux bleus. Ceux-ci rappelaient le ciel de Minecraft, lumineux et pur.

— C'est moi, Crafter, dit le jeune villageois en souriant.

— Crafter ?

Le garçon hocha la tête.

Gameknight le regarda longuement sans comprendre.

— Pose la main sur mon épaule et ferme les yeux, l'instruisit le jeune villageois. Voilà. À présent, étire ton esprit et écoute ma voix – non pas avec tes oreilles, mais avec ton être tout entier, avec la moindre particule de ton corps.

Gameknight essaya de s'exécuter, ne sachant trop comment s'y prendre.

Une vache meugla au loin.

—Non, détends-toi et écoute.

Gameknight prit une profonde inspiration et expira longuement, puis il mit tous ses sens à contribution et écouta vraiment – avec son être tout entier, comme le lui avait demandé le garçon. Il entendit le paysage qui l'entourait, la terre, les arbres, les vaches et les cochons. Tous ensemble, ils résonnaient un peu comme quand on frotte ensemble deux plaques de verre, créant une harmonie légèrement dissonante. Les notes semblaient lutter les unes contre les autres et lui faisaient mal aux dents. Alors le jeune garçon commença à chantonner une douce mélodie, un air joli, paisible et tranquille, un hymne à la vie. *Crafter...* Il voyait bel et bien Crafter en esprit. C'était lui. *C'EST LUI!*

—CRAFTER!!! s'écria-t-il en serrant très fort son petit compagnon contre lui.

—Je suis déjà mort une fois aujourd'hui, et je préférerais ne pas recommencer...

Gameknight rit et relâcha son étreinte.

—Tu es ici! Que s'est-il passé? Où sommes-nous?

—Nous avons changé de serveur. Nous nous sommes rapprochés de la Source, expliqua Crafter.

Avoir ce garçon blond devant lui tout en imaginant son vieil ami aux cheveux gris lui faisait un drôle d'effet.

—Mais comment?

—Les XP que j'ai absorbés en faisant exploser les creepers agglutinés sur le pont m'ont fait changer de niveau, expliqua le PNJ. J'imagine qu'il t'est arrivé quelque chose de similaire, ajouta-t-il pour encourager Gameknight à lui expliquer la raison de sa propre présence.

—Ah… J'ai fait exploser le TNT caché sous l'île car la redstone était inutilisable, comme pour le pont. Je suppose que j'ai absorbé tous ces XP. (Gameknight tendit ses bras pour les examiner, et ils lui semblèrent effectivement un peu différents, bien qu'ils n'aient pas changé extérieurement.) En tout cas, on dirait que je suis toujours dans Minecraft, que je n'ai pas été libéré.

—Tu as donc fini par mettre tes propres intérêts au second plan. Intéressant… Tu aurais donc grandi – c'est inattendu ! le taquina son ami.

—Oui, on dirait, répondit Gameknight, embarrassé. Ça me fait tout bizarre, mais je n'arrive pas à comprendre pourquoi. Comme si quelque chose ne tournait pas rond. Je ne sais pas comment dire ça autrement… Oui, comme si quelque chose ne tournait pas rond.

—Minecraft est toujours menacé.

—Je croyais que nous avions stoppé l'attaque, protesta Gameknight, un peu perdu. Nous avons défait les monstres, détruit Erebus…

—Certes, mais il ne s'agissait que d'un seul serveur. Nombre de serveurs conduisent à ce plan, et nombre de serveurs situés sur ce plan conduisent au plan suivant. Nous avons mis un coup d'arrêt à l'invasion de mon serveur, mais cela ne s'est sans doute pas passé aussi bien partout. Ce que tu ressens, c'est la présence des hordes qui ont réussi à passer et qui s'apprêtent à attaquer ce serveur afin de se rapprocher davantage de la Source.

Gameknight ferma les yeux et étira son esprit, avançant à tâtons dans le tissu de Minecraft, dans le mécanisme numérique que dissimulaient les apparences et qui permettait leur existence, et alors il le sentit, comme un axe tordu dans un moteur, comme une roue voilée. Le mécanisme de Minecraft était déréglé, déformé d'une manière difficile à décrire. Il le sentait aussi clairement qu'il sentait la présence de Crafter.

— La guerre n'est pas terminée, finit par dire le petit garçon d'une voix haut perchée qui se mêla aux meuglements des vaches lointaines. En vérité, elle ne fait que commencer, mais nous finirons par la gagner.

— Je suis d'accord, approuva Gameknight, mais qu'est-ce qu'on doit faire, maintenant ?

— Il faut trouver un village et commencer à rassembler nos forces. Je sens que cette bataille-ci n'aura pas lieu dans l'Overworld, mais ailleurs. Ce n'est pas encore très clair, mais nous devons nous préparer. Nous avons déjà du retard.

—Alors allons-y ! lança Gameknight en donnant une tape sur l'épaule de son ami.

—Choisis une direction.

Visant une montagne rocheuse à peine visible, à l'horizon, Gameknight se mit en route, aussitôt suivi par Crafter. Il était à la fois pressé et terrifié. La dernière bataille avait été difficile. *Comment allons-nous survivre à la prochaine ?* Il sentait sur lui le regard de haine que lui avait lancé Erebus en rendant son dernier souffle. Ce monde, bizarrement, semblait différent, plus riche, beaucoup plus riche. S'efforçant de chasser sa peur, il se concentra sur la montagne lointaine et se redressa.

Gameknight999 et Crafter marchaient vers l'inconnu. Leur destin et celui de tous les habitants de ce serveur menaçaient de basculer pour toujours.

Fin ?

Note de l'auteur

J'espère que vous avez apprécié cette aventure. Je me suis beaucoup amusé à l'écrire, et j'ai hâte de savoir ce que vous en pensez. N'hésitez pas à rédiger un commentaire ou une critique quand vous aurez lu le livre.

Je vous attends également sur www.markcheverton.com – vous m'y direz ce que vous avez pensé de cette première histoire de Gameknight999. J'adore écouter et lire ce que mes lecteurs disent de mes livres, alors à très bientôt! Et n'oubliez pas de vous inscrire à ma newsletter; je vous enverrai un extrait de mon prochain livre, *La Bataille du Nether*, à paraître bientôt. Je ferai également gagner des exemplaires de mes autres romans, alors inscrivez-vous pour ne rien manquer – mais, surtout, demandez la permission à vos parents et ne partagez pas vos données personnelles sur Internet. Amusez-vous bien, soyez sages et gare aux creepers!!!

Mark Cheverton

Lexique

Araignée : Les yeux rouges et luisants de l'araignée peuvent être vus dans le noir, rendant leur apparence effrayante. Elle fait un bruit étrange comme si quelqu'un aspirait dans une paille, ce qui avertit le joueur de sa présence.

Araignée bleue : On la trouve dans les puits de mine abandonnés. Elle est plus dangereuse que l'araignée habituelle et le lait est un remède contre son venin.

Creeper : Un creeper est une créature hostile. Les creepers explosent au bout d'une seconde et demie, quand le joueur se trouve à proximité, infligeant des dégâts importants.

Ender : l'Ender est un royaume aussi particulier que le Nether. Il s'agit d'une île flottant dans le Néant, peuplée d'Endermen et de l'Ender Dragon.

Ender Dragon : Le Dragon de l'Ender est le premier boss de Minecraft. Il apparaît uniquement dans l'Ender. Il possède une texture qui rappelle beaucoup l'Enderman, qui est noir avec les yeux violets.

Enderman: L'Enderman est une créature humanoïde neutre de trois blocs de haut (ils sont grands par rapport aux joueurs). Ils sont connus pour leur apparence et leur comportement effrayants. Ils sont capables de ramasser des blocs, de se téléporter, mais leur gros point faible est leur vulnérabilité à l'eau. L'Enderman devient hostile lorsqu'il est attaqué ou provoqué.

Inventaire: Endroit où sont organisés tous les objets que transporte un joueur.

Nether: Le Nether est une sorte d'enfer souterrain, totalement différent du monde en surface. Le terrain est dangereux, faiblement éclairé, plein de mers de lave et de falaises abruptes. Le Nether grouille de créatures menaçantes: cochons zombies, énormes ghasts et leurs boules de feu, blazes tourbillonnants, cubes de magma inquiétants et Wither squelettes.

Portail de lumière: passage vers le monde réel.

Redstone: La redstone est un puissant minerai, source d'énergie comparable à l'électricité.

Skin: Texture placée sur le modèle des joueurs ou des créatures.

Source: Serveur ultime qui contrôle tous les autres.

Squelette: Les squelettes sont des créatures hostiles qui possèdent un arc et tirent des flèches. Ils n'apparaissent que dans les zones sombres (lieux non éclairés à la surface pendant la nuit ou dans les cavernes). Ils brûlent à la lumière du soleil.

Zombie: Les zombies sont les créatures hostiles les plus courantes dans Minecraft. Ils apparaissent dans les endroits sombres ou mal éclairés. Ils attaquent le joueur en se déplaçant lentement vers lui puis en lui infligeant des dégâts au corps à corps. Ils prennent feu à la lumière du soleil.

Achevé d'imprimer en mai 2015
N° d'impression 1504.0127
Dépôt légal, juin 2015
Imprimé en France
36231138-1